A Ride to Happiness – Der Ritt ins Glück

von Annette Weber

Langenscheidt

Berlin · München · Wien · Zürich · New York

Lektorat: Maren Giering-Desler
Englischsprachiges Lektorat: Charlotte Collins
Umschlaggestaltung: init.büro für gestaltung, Bielefeld,
unter Verwendung eines Fotos von Mauritius Image

Meiner Nichte Mona Klatt einen herzlichen Dank für ihre Hilfe

www.langenscheidt.de

Umwelthinweis: gedruckt auf chlorfrei gebleichtem Papier

Satz: Franzis print & media GmbH, München
Druck: Mercedes-Druck, Berlin
Bindung: Stein+Lehmann GmbH, Berlin
Printed in Germany

ISBN 978-3-468-20500-2

10010

Welcome to Benllech

Benllech stand auf dem roten Bus, auf den Alina zusteuerte. Sie hatte eine abenteuerliche Reise hinter sich. Zum ersten Mal war sie alleine von Köln nach Liverpool geflogen, hatte dann den richtigen Zug erwischt, der sie nach Llangefni in Wales brachte. Nun fehlte noch der letzte Teil der Reise, die Busfahrt bis Benllech.

Llangefni, Benllech – diese Orte hörten sich so an, als wäre Alina im Himalayagebirge Indiens unterwegs. Walisisch war eben eine ungewöhnliche Sprache.

Erst als Alina an dem roten Bus ankam und der Busfahrer überrascht von seinem Sitz auf sie herunterstarrte und dabei seine Brille die Nase hinaufschob, fiel ihr ein, dass sie auf der falschen Seite einsteigen wollte. Ach ja! Linksverkehr! Daran hatte sie bei all dem Stress überhaupt nicht mehr gedacht.

Alina eilte auf die andere Seite des Busses und zog dabei ihren schweren Koffer hinter sich her. Dann stieg sie schwitzend ein. Der Koffer wog Zentner.

“I want to go to Benllech, to Beach Road. Is this the right bus?”

Der Fahrer nickte. “Three pounds.”

Alina kramte in ihrem Portemonnaie und zahlte. Dann schob sie ihren schweren Koffer zwischen die Sitze hinter dem Busfahrer, klemmte ihn dort fest und setzte sich mit einem Seufzer der Erleichterung.

"Are you ready?", wollte der Busfahrer wissen.
"Yes! Let's go!", sagte Alina.
Sie drehte sich um. Es saßen nicht viele Menschen im Bus. Kein Wunder. Die Gegend hier war ziemlich einsam.
Der Bus fuhr los und raste die schmalen Straßen an der Küste von Wales entlang.
Alina beugte sich vor. "Please will you tell me when we reach Benllech?"
"Of course", brummte der Busfahrer. "You'll know anyway – you can't miss it. Benllech is the last stop."
"Oh, good. I was afraid I might get off at the wrong one."
Alina seufzte erleichtert.
Wenn nur der Busfahrer nicht so irre schnell durch diese engen Kurven fahren würde. Alina hatte schon den ganzen Tag keinen Bissen runterbekommen, so aufgeregt war sie. Diese verrückte Fahrt brachte ihren Magen erst richtig in Aufruhr.

learner driver Fahrschüler(in)
for seit
several mehrere

"So what are you doing in Benllech?", wollte der Busfahrer wissen.
Alina schielte auf das große Plakat, das hinter ihm hing.
"Please don't talk to the driver while the bus is moving", stand dort.
Der Busfahrer hatte ihren Blick im Rückspiegel beobachtet. Er lachte.
"Don't worry about the sign", meinte er. "This is only for **learner drivers**. I've been driving **for** thirty years. I drive up and down this road **several** times a day."

Nun hupte er laut. Der Wagen, der ihm entgegenkam, bremste und wich in eine schmale Haltebucht aus, um den Bus vorbeifahren zu lassen.
“I'm visiting my friend”, erzählte Alina, um sich abzulenken. “She lives **just outside** Benllech. Her parents have a horse farm there.”
“Are you going to the Fitzgeralds'?”, fragte der Busfahrer.
“That's right.” Alina strahlte. “Megan Fitzgerald and I have been best friends for **a couple of** years now. My parents and I have been spending our holidays at the farm since I was a little girl. Last year Megan stayed with us in Cologne, and this year I'm allowed to go to Wales alone. It's the first time I've flown **on my own**.”
Der Busfahrer lachte. “That was brave of you! I've never been abroad – except to England, that is.”
Er hupte wieder, dann bremste er.
“You're going to have to **reverse**!”, rief er dem Gegenverkehr zu. “Otherwise you'll get a nasty surprise!”
Der Fahrer, der ihm entgegenkam, schien die Drohung zu spüren. Er bremste und legte den Rückwärtsgang ein.
“Finally!”, murmelte der Busfahrer und gab erneut Gas. Eine Weile schwieg er. Dann schaute er erneut in den Rückspiegel zu Alina. “The Fitzgeralds are crazy about horses, **aren't they?**”, nahm er das Gespräch wieder auf.
Alina lachte. “Yes, they really are”, meinte sie. “**So am I**,

just outside kurz hinter
a couple of ein paar
on one's own allein
to reverse rückwärts fahren
..., aren't they? ..., nicht wahr?
So am I. Ich auch.

to be **honest**. I ride as often as I can. That's why I want to spend six weeks at the farm. Mr and Mrs Fitzgerald invited me to **help out** during the holidays. **I'll be mucking out** the stables, riding the horses, **taking** visitors **on rides**, and doing everything else they do during the holidays."

"**Good for you**", staunte der Busfahrer. "You must be a good rider, then."

"Yes – I've been riding since I was six", berichtete Alina. Sie sah aus dem Fenster. Die Küste von Wales war steinig und rau. Wellen schlugen gegen die grauen Felsen. Gischt schäumte auf.

Alina lächelte. Es gab nichts Schöneres, als mit den Pferden auf den schmalen Pfaden an der Küste entlangzureiten und dann über die Wiesen zurück zum Hof zu galoppieren.

"Do you know Chloe Fitzgerald, John's older sister?", wollte der Busfahrer wissen.

"Oh yes!", Alina lachte.

Auch der Busfahrer grinste. "I don't know any woman as crazy as Chloe", erzählte er. "We were in kindergarten together. Even then she was so mad about horses that she **used to** sit on the **rocking horse** in the kindergarten all day. Later, when we were at school together, Chloe talked about horses all the time. When she had to write a story **it was** always **about** horses; during break she used to **gallop**

honest ehrlich
to help out aushelfen
to muck out ausmisten
to take sb on a ride mit jdm ausreiten
Good for you. Schön für dich.
used to do sth hat früher etwas gemacht
rocking horse Schaukelpferd
to be about sth um etw gehen
to gallop galoppieren

down the **corridors**, and even when she laughed it sounded like a horse **whinnying**."
Alina kicherte.
"Yes, I can imagine that", sagte sie. "But she really knows a lot about animals. I've learned so much from her."

corridor Flur
to whinny wiehern
would have hätte

"When I was young I was in love with her, you know", fuhr der Busfahrer fort. "But it **would** never **have** worked. She would never have loved me as much as her Welsh cob."
Alina nickte und sah wieder aus dem Fenster.
"I think you're probably right", sagte sie leise. Und mir geht es ganz genauso wie ihr, dachte sie dabei.

Der Busfahrer bog von der schmalen Küstenstraße in eine breitere Straße ein, die von Häusern gesäumt war, und verlangsamte sein Tempo. Sie kamen ins Zentrum der Stadt. Alina presste die Nase an die Scheibe und erkannte viele der Geschäfte gleich wieder.
"We'll be there in a minute", sagte der Fahrer. "How will you get to the Fitzgeralds'?"
"They're coming to pick me up", sagte Alina. "The Fitzgeralds ..." Sie brach ab und starrte aus dem Bus.
Auch der Busfahrer blickte überrascht auf den kleinen Marktplatz. Eine offene zweispännige Pferdekutsche stand dort zwischen den parkenden Autos. Tante Chloe und Mr Fitzgerald thronten auf dem Kutschbock, Megan, ihre kleine Schwester Katie und ihr Bruder Joshua saßen im hinteren Teil der Kutsche auf den schwarzen Ledersitzen. Megan schwenkte eine Fahne mit der Aufschrift "Welcome, Alina!".

Der Busfahrer lachte schallend. "Yes, I would have been surprised if good old Chloe had come by car", meinte er.
Alinas Herz klopfte und ihr Gesicht lief vor Freude rot an. "Oh, they're **absolutely** wonderful!", rief sie.
"I **should have** married Chloe", murmelte der Busfahrer.

Es gab ein lautes und fröhliches Wiedersehen. Alina umarmte Megan ganz fest, drückte dann Tante Chloe, Mr Fitzgerald und Katie herzlich und knuffte Joshua in die Seite. Anschließend streichelte sie die beiden Welsh Cob, die vor die Kutsche gespannt waren.

absolutely absolut
should have done sth hätte etw tun sollen
riding breeches Reithose

Alina strahlte. "I'm so happy to be here again!"
"Hi, Chloe, nice to see you!" Der Busfahrer beugte sich aus der Tür.
Chloe winkte ihm mit der Gerte zu.
"Do you want to take your suitcase with you, or shall I take it back to the airport?", wandte sich der Busfahrer an Alina.
Alina fasste sich an den Kopf. "My suitcase! I almost forgot it!"
Sie stürzte zum Bus zurück und zog den Koffer zwischen den Sitzen hervor.
"Give it to me, I'll carry it", gab sich Joshua gentlemanlike. Dann aber verzog er schmerzvoll das Gesicht. "Jesus! What have you got in here? You only need **riding breeches** and a T-shirt, maybe a pair of boots, and some underwear."

"Oh Josh, I **wish** you'd told me that before", meinte Alina und kicherte. "I thought I might need a horse, so I brought one with me. I've been looking after one for a friend."

Tante Chloe lachte schallend, und Alina fiel auf, dass es sich wirklich wie das Wiehern eines Pferdes anhörte.

"You've finally got a horse to look after!", rief Tante Chloe. "That's fantastic!"

Die Fahrt in der Kutsche verging wie im Fluge. Alina und Megan hatten sich so viel zu erzählen, dass sie die schöne Umgebung kaum beachteten. Erst als Tante Chloe in die Hofeinfahrt einbog, blickte sich Alina überrascht um.

"We're here already! How beautiful. Everything's just the same, isn't it?"

"Not really", berichtete Megan. "We have a new **indoor riding arena**! I think I **wrote** and told you about it, didn't I? Also, Joyce had her **foal** last night. We've called her Penny Lane."

to wish sich wünschen
indoor riding arena Reithalle
to write (wrote, written) schreiben
foal Fohlen
Welsh walisisch
so much so sehr

"And Mum's made **Welsh** cakes for you", erzählte Katie.

"Welsh cakes! I've missed them **so much** at home", meinte Alina.

Sie blickte zu Joshua hinüber. Megans älterer Bruder hatte sich in den zwei Jahren, in denen sie ihn nicht gesehen hatte, verändert. Erwachsener sah er aus, aber irgendwie auch trotzig und eigensinnig. Und das lag nicht nur an dem Lippenpiercing, das er sich hatte machen lassen. Jedenfalls sah er überhaupt nicht so aus, als würde er sich über ihre Ankunft freuen.

"You can carry your suitcase **yourself** now", knurrte er sie an. "I'm not your butler, **after all**."

"Of course you're not, Joshua", entgegnete Alina hastig. "I carried it all the way here from Cologne; it's really not a problem."

"I can help you", bot sich Megan gleich an. "Women are stronger together. Come on, Mum will be really pleased to see you."

Sie stieg hinter Alina her aus der Kutsche und zog den Koffer vom Sitz. Joshua sah ihr belustigt dabei zu.

"Heavier than you thought, isn't it?" Er grinste. "**By the way**, I've left you five stables to clean. Don't think you're on holiday."

"As far as I know, you're not Alina's butler, and she's not your **stable girl** either!", pfiff ihn Mr Fitzgerald an. "You've got **stable duty** today and you're not going to **shift** it **onto** our guest. Understood? Now, **get to work!**"

Er gab Joshua einen leichten Klaps auf den Rücken. Joshua kniff verärgert die Augen zusammen, aber er schob ab in Richtung Ställe. Beim gemeinsamen Kaffeetrinken mit der ganzen Familie war er nicht dabei.

"What's the matter with Joshua?", fragte Alina ihre Freundin Megan eine Stunde später, als sie den Inhalt

yourself selbst
after all schließlich
by the way übrigens
stable girl Stallmädchen
stable duty Stalldienst
to shift onto schieben auf
Get to work! An die Arbeit!

ihres Koffers zwischen Megans Chaos im Zimmer verteilt hatte.

"Nothing's the matter with him", winkte Megan ab. "If you ask me, he's just being a typical **teenage boy**. You know, they're just like babies. Joshua says no when he means yes, and he says no all the time **as well**. **Basically**, he's a **pain in the neck**. He's never happy with anything, he just **grumbles** all the time; he's lazy, rude, and **unpredictable**. Like our cat, Whistle, **whenever** his girlfriend Betty is **around**."

"That sounds really bad", stimmte Alina ihr zu und bemühte sich, über Megans Chaos hinwegzusehen. "Doesn't Joshua have a girlfriend? Maybe that would do him some good. Boys with horses usually have lots of girlfriends."

"Well, Grace thinks he's wonderful", sagte Megan. "She **moved to** Benllech about a year ago. She has a **dapple-grey horse** called **Milkmaid** that she keeps in our stables. She's a very good rider, too."

"Well, **what about** her, then?", meinte Alina.

Megan zuckte nur die Schultern.

"Basically, Josh is always rude to her", berichtete sie weiter. "He's only nice to her if he's looking for someone to do his work for him. Then he **turns on the charm** and whispers in her ear: 'Grace, would you mind cleaning the **drinking troughs**

teenage boy Teenager
as well auch
basically hauptsächlich
pain in the neck Nervensäge
to grumble meckern
umpredictable unberechenbar
whenever jedes Mal, wenn
around in der Nähe
to move to ziehen nach
dapple-grey horse Apfelschimmel
milkmaid Milchmädchen
what about was ist mit
to turn on the charm seinen/ihren ganzen Charme spielen lassen
drinking trough Tränke

for me? And Sciani's saddle needs cleaning, too'", ahmte Megan die Stimme ihres Bruders nach und verdrehte dabei die Augen.

Alina lachte. "And she does it?"

"Absolutely! She does everything he wants just so she can be close to him. Last time she even cleaned his boots. That really **freaked** me **out**!"

Dooong. Ein Gongschlag tönte durch das Haus.

Megan sprang auf. "Come on, Alina. It's time for dinner. Dad cooked today. We're having cawl. Remember? It's the Welsh **stew** with lamb and **leeks**."

to freak out wahnsinnig machen
stew Eintopf
leek Lauch

Alina drückte ihre Freundin noch einmal fest.

"I'm so happy to be here again!", rief sie. "These will be the most wonderful holidays of my life!"

No Slowcoach for Joshua

Von wegen, in Wales regnete es andauernd ...
Es war ein wunderschöner Tag! Die Sonne schien schon warm, als Alina mit Megan über den Hof in die Pferdeställe ging. Heute hatte Megan Stalldienst, und es war Ehrensache, dass Alina ihr half.
"Do you remember where we keep the **pitchfork** and the **brooms**?", fragte Megan ihre Freundin. "We can start work right away. At ten o'clock the first visitors are arriving for a **riding lesson**. We should take them out for a ride, as well."
"A ride? Great!", rief Alina begeistert.
Und sie machte sich sofort mit Feuereifer an die Arbeit. Nach einer Stunde waren die Ställe ausgemistet und mit frischem Stroh eingestreut.
Nun kam auch Mr Fitzgerald in den Stall.
"Girls are good **workers**", schwärmte er. "You can see immediately **whether** it was Josh or Megan who had stable duty."
Megan grinste. "And Alina's stables look even better", meinte sie. "She even cleans the **mangers** and tidies up every piece of **straw**."
"Megan**'s exaggerating**", winkte Alina ab. "I'm just really happy to be looking after the horses."

slowcoach lahme Ente
pitchfork Mistgabel
broom Besen
riding lesson Reitstunde
worker Arbeiter(in)
whether ob
manger Futtertrog
straw Stroh
to exaggerate übertreiben

"I'm going to show you Nebo now", wandte sich Mr Fitzgerald an Alina. "He'll be your horse while you're here."
"Nebo?", fragte Megan und sah plötzlich beunruhigt aus. "But Josh always rides him."
"Josh can take Gazal", erklärte Mr Fitzgerald. "It'll do him good to have a slower horse **for a change**. Nebo needs a **calm** rider, not someone like Joshua who wants to gallop across the fields **at full speed**. Come on, Alina, I'll show you. He's very **high-spirited**, but he's also a horse you can **rely on**. And he needs a rider who**'ll calm** him **down** a bit."
Alina spürte, wie sie ein bisschen unsicher wurde. Hoffentlich nahm ihr Joshua nicht übel, wenn sie das Pferd ritt, das er eigentlich gerne mochte. Aber sie wollte sich nicht einmischen. Bestimmt hatte Mr Fitzgerald sich diese Wahl ganz genau überlegt.

for a change zur Abwechslung
calm ruhig
at full speed in vollem Tempo
high-spirited ausgelassen
to rely on sb sich auf jdn verlassen
to calm sb down jdn beruhigen
to get on miteinander auskommen

Nebo war ein brauner Welsh Cob mit schwarzer Mähne und breiter Blesse. Alina mochte ihn auf Anhieb.
"Hey, you're a beautiful boy, aren't you", sagte sie begeistert und streichelte sein weiches Pferdemaul. "I hope we**'ll get on** well, you and I."
Und sie legte Nebo ein Halfter um, um ihn von der Wiese zu führen.
Als sie mit ihm Richtung Reithalle ging, kam ihr Joshua entgegen. Überrascht zog er die Augenbrauen hoch.

"Are you bringing me my horse? That's what I call good service!", meinte er.
"Listen, Josh", erklärte Mr Fitzgerald. "Mum, Aunt Chloe and I have decided that Alina is going to ride Nebo while she's with us. You can take Gazal **in the meantime**."
"Gazal? That slowcoach? You **are kidding**, aren't you?", erwiderte Joshua entgeistert. Auf seinen Wangen bildeten sich kleine rote Flecken.
"It's only for six weeks", versuchte Alina ihn zu besänftigen. "And I promise I'll be very careful with him. I'**ll make sure** he's ..."
"Make sure he's what? An old slowcoach, like Gazal, huh?", unterbrach Joshua sie. "I'**ve** finally **got** Nebo **to speed up** a bit. I don't want to **come last** in the next **showjumping tournament**."
Megan war hinzugetreten.
"Oh, shut up, Josh!", rief sie sauer. "There are about thirty other horses you can ride. Let Alina have Nebo. It'll do him good if someone else rides him."
"So that I ..." Joshua wollte schon wieder etwas erwidern, aber Mr Fitzgerald ließ ihn nicht zu Wort kommen.
"It's my decision!", stellte er klar. "These are my horses, not yours. You'll take Gazal from now on. Go and **saddle** her **up**. The tourists are arriving in half an hour. Go on, hurry up!"
Joshua kickte mit dem Fuß gegen einen Stein wie ein störrischer Esel. Aber er widersprach nicht, sondern

in the meantime in der Zwischenzeit
to be kidding Witze machen
to make sure dafür sorgen, dass
to get sb to do sth jdn dazu bringen etw zu tun
to speed up schneller werden
to come last Letzte(r) werden
showjumping Springreiten
tournament Turnier
to saddle up satteln

drehte sich einfach um und ging auf die Wiese, um Gazal zu holen.
In der Zwischenzeit half Megan ihrer Freundin, Nebo zu satteln und aufzuhalftern.
“Why don’t you do a few **laps** of the indoor arena and see how you get on with him?”, schlug sie vor.
Das ließ sich Alina nicht zweimal sagen.
Schon als sie auf Nebos Rücken saß, wusste sie, dass sie ihr Traumpferd gefunden hatte. Nebo ging folgsam im Schritt durch die Halle. Er hatte seine Ohren aufmerksam in Alinas Richtung gerichtet.
“He’s wonderful!”, rief Alina begeistert. “You only need a very light **touch** on the **reins**. And he moves beautifully.”
“Ride him a little faster!”, forderte Megan sie auf. “Good. Now **trot**.”
Es war ein Kinderspiel, das Pferd anzutreiben.
“You’re looking great!”, schwärmte Megan. “Better than Joshua. Would you like to **canter**?”
“Are you kidding?”, lachte Alina. “Of course!”
“Okay, then take the next corner. **Shorten** the left rein, **press** with the right leg. Yes, perfect!”
Alina galoppierte zwei Runden. Dann parierte sie durch.
In diesem Moment erschien Joshua in der Reithalle und sah Alina misstrauisch an.
“You**’ve done a** really **good job** with him”, rief sie ihm

lap Runde
touch Berührung
reins Zügel
to trot traben
to canter galoppieren
to shorten kürzer nehmen
to press drücken
to do a good job gute Arbeit leisten

entgegen. "You must be a very **sensitive** rider, Joshua."
Alina wollte einfach nur nett zu ihm sein, doch das schien er gar nicht wahrzunehmen.
"Just you wait!", brummte er. "Nebo can be difficult. Especially if he doesn't like someone."
Das klang wie eine Drohung, aber Alina zog es vor, gar nicht darauf einzugehen.

Es waren sieben Touristen, die sich eine Stunde später im Hof versammelten. Die meisten wohnten als Feriengäste in den Appartements auf Fitzgeralds Hof, eine ältere Frau kam aus der Nachbarschaft.
"Come on, kids, help our guests to saddle up", ordnete Tante Chloe an, die diese Ausritte seit eh und je organisierte. "Each guest should have one person helping them."
"I'll look after Sally!" Joshua grinste überlegen, denn Sally war eine junge Frau, die einen etwas unsicheren Eindruck machte.
"Then I'll help *you*!", wandte sich Alina an ein kleines Mädchen. "What's your name?"
"Mia", antwortete sie.
"Have you ridden a horse before, Mia?", wollte Alina wissen.
"Yes, at the **funfair**", sagte Mia mit strahlendem Gesicht.
Megan drehte sich zu Alina um.
"Give her **Moonlight**", rief sie. "The little Welsh Cob with the white **mane**."

sensitive sensibel
funfair Rummelplatz
moonlight Mondlicht
mane Mähne

"Okay, come with me and I'll show you which horse you'll be riding", sagte Alina und lächelte Mia zu.
Fröhlich lief die Kleine neben ihr her.
Auf der Wiese registrierte Alina ein anderes Mädchen mit rot-blonden schulterlangen Haaren. Sie holte gerade einen schicken Apfelschimmel. Kein Zweifel, das musste Grace sein, die sich laut Megan so sehr in Joshua verliebt hatte, dass sie ihm sogar die Stiefel putzte.
"Hi, you're Grace, aren't you?", begrüßte Alina sie. "Megan said you had a dapple-grey horse. He's beautiful."
"Thanks." Grace lächelte, wirkte dabei aber leicht unterkühlt. "You must be Alina. Joshua told me about you."
"Oh." Alina bemühte sich, freundlich zu bleiben. "I hope only good things."
"Well", winkte Grace ab. "**So-so**."
Alina verzichtete lieber auf eine Antwort und kümmerte sich stattdessen weiter um Mia.

So-so.
Teils, teils.
walking pace
Schritttempo

Es dauerte eine ganze Weile, bis die Pferde gesattelt waren. Dann endlich stiegen alle auf.
Tante Chloe ritt voran.
"We'll ride one in front of another at **walking pace**", kommandierte sie. "Nobody overtake anybody else."
Die Reiterinnen und Reiter nickten.
Alina blieb dicht hinter Mia. Die Kleine bemühte sich eifrig, locker im Sattel zu sitzen. Und sie machte es gut.

"Keep your hands still. **Rest** them on the saddle", erklärte Alina ihr. "Yes, that's good. And now press with your legs, but don't push her **forward** – just let her go calmly. She knows the way."

Vor lauter Konzentration runzelte Mia die Stirn und sah in ihrem Eifer wirklich niedlich aus.

Die Gruppe nahm den schmalen, steinigen Weg an der Küste entlang, der stetig bergauf führte. Die Pferde schnaubten zufrieden. Die frische Sommerluft tat allen gut.

In Treath Bychan, der nächsten Ortschaft, hielten sie an.

"So, now we**'ll divide up** into two groups", übernahm Tante Chloe wieder das Kommando. "Anyone who wants to trot and gallop across the fields, come with Megan, Alina and me. Anyone who would **rather** take it slowly can go through the forest at walking pace. Grace and Joshua will go with this group."

Vier Feriengäste entschieden sich für die sportliche Gruppe, drei wählten die Route im Schritt durch den Wald zurück zum Hof.

Mia sah plötzlich ganz unglücklich aus.

"I want to ride back slowly", meinte sie. "Can't we have Alina in our group?"

"Of course, no problem." Tante Chloe lächelte ihr aufmunternd zu. "Then Grace will swap with Alina and go with the faster group, **won't you**, Grace?"

Grace sah nicht besonders erfreut aus, aber sie sagte nichts. Auch Alina war von dem Wechsel nicht sonderlich begeistert. Auf einen Ausritt mit Joshua hatte sie

to rest ruhig liegen lassen
forward vorwärts
to divide up (sich) aufteilen
rather lieber
..., won't you? ..., nicht wahr?

nun wirklich keine Lust. Aber es war nicht zu ändern. Sie winkten sich kurz zu, dann führte Joshua ihre kleine Gruppe in Richtung Wäldchen.
"So how are you finding Nebo?", fragte er Alina höflich, aber mit zusammengekniffenen Lippen.
"Great", sagte Alina schnell. "He's a real dream horse. He's so easy to get on with."
"With horses you never know", entgegnete Joshua spitz und wiederholte damit, was schon vorhin wie eine Drohnung geklungen hatte.
Sie ritten jetzt einen breiteren sandigen Waldweg entlang. Die Pferde beschleunigten ihr Tempo leicht. Bald übernahm Alina die Führung.

to adjust
anpassen

"Slow down!", rief sie. "Don't speed up. Nobody overtake me. **Adjust** the reins and make sure you're in a good position in the saddle if your horse is walking too fast."
Die Gruppe wurde wieder langsamer.
Alina drehte sich um, um zu kontrollieren, ob noch alle Reiter hinter ihr waren. Joshua fehlte. Wie merkwürdig.
"Joshua?", rief Alina in den Wald. "What's happened? Where are you?"
Es kam keine Antwort.
Plötzlich hörte Alina ein lautes "Jippie"-Geschrei, dann sah sie, wie Joshua von hinten auf die Gruppe zu galoppierte. Dabei schwang er seine Reitgerte wie ein Lasso.
"Joshua? Are you crazy?", rief Alina erschrocken.
Joshua galoppierte an allen vorbei bis zum Ende der

Wegbiegung. Dann ritt er langsamer und drehte sich um.
"Come on! Time to gallop a little!", rief er fröhlich.
Nebo machte einen Satz nach vorne und wollte ebenfalls losgaloppieren, doch Alina reagierte blitzschnell.
"Hooo!", rief sie, nahm die Zügel an und parierte den Wallach durch. Er gehorchte sofort.
Nun machten auch die anderen Pferde ein paar Galoppsprünge nach vorne. Wieder handelte Alina so schnell sie konnte und stellte ihr Pferd quer auf den Weg.
"Stop! Nobody overtake me!", rief sie.
Die anderen Pferde schnaubten. Zu gerne wären sie mit ihren Reitern auf dem Rücken ebenfalls davongaloppiert. Aber Nebo bildete eine Barriere, und an ihm wagten sie sich nicht vorbei.
Das war ja noch einmal gut gegangen …
"Josh, **what the hell** are you doing?", rief Alina Joshua zu, der noch immer von der Wegbiegung aus zu ihnen herüberschaute. "You're behaving like a stupid child who thinks he's in a Western."
Joshua lachte. "Then they should cut your part, or it would have to be a horror movie!", rief er.
Dann ritt er weiter, ohne sich um die Gruppe zu kümmern. Alina sah ihm nach. Sie kochte vor Wut. Aber jetzt war es wichtig, sich um die anderen drei Reiter zu kümmern, denen der Schrecken noch ins Gesicht geschrieben stand.
"Okay. Let's start again", seufzte Alina und richtete Nebo wieder auf den Weg zurück. "Let the horses start walking, but slowly."

what the hell
was zum Teufel

Gerade wollte sie ihn antreiben, da schrie Mia erschrocken auf. “Moonlight wants to gallop, Alina!”, rief sie.
“Gallop? No, Mia, it’s okay. Keep calm”, versuchte Alina sie zu beruhigen.
Aber da passierte es schon. Moonlight riss den Kopf hoch und zog Mia damit die Zügel aus der Hand. Dann warf die Stute den Kopf in den Nacken und rannte mit der kleinen Mia los.
Mia schrie und presste ihre Beine fest an den Pferderücken um nicht herunterzufallen. Ihre Hände suchten Halt am Sattel.
“Help, Alina! Help me!”
Alina drehte sich rasch zu ihrer Gruppe um.
“Stay here!”, rief sie. Dann trieb sie Nebo an.
“Go! After them!”, sagte sie leise.
Nebo trabte los, fiel dann in einen schnelleren Galopp. Hinter der nächsten Kurve hatte Alina Mia fast eingeholt.
“Relax your legs!”, rief sie Mia zu. “Otherwise you’re telling Moonlight to go even faster. Yes, that’s good. Now shorten the reins. Shorten them more. And pull – and sit down in the saddle. Can you hear me? Sit in the saddle!”
Alina war jetzt direkt neben Mia. Sie beugte sich zu Moonlight hinüber und zog die Zügel. Das Pferd kam zum Stehen.
Mia schluchzte und hing wie ein Häufchen Elend im Sattel.
“I don’t want to ride any more”, flüsterte sie.
“I’m not surprised!”, erwiderte Alina. Sie hatte eine Mordswut auf Joshua. “I’ll tie Moonlight to the rope.

There's nothing to be afraid of now", beruhigte sie Mia.
Es dauerte nicht lange, da kam auch der Rest der Gruppe angeritten. An der nächsten Wegbiegung trafen sie wieder auf Joshua. Er schien auf sie gewartet zu haben. Alina sah ihn hasserfüllt an.
"You think you're so cool, don't you?", rief sie sauer. "You **put** us all **at risk**."
"That was **completely irresponsible**!", schimpfte eine Reiterin. "You can't **put** someone like that **in charge** of a group of riders."
"Sorry", erwiderte Joshua, aber seine Stimme klang patzig. "It wasn't my **fault**. My horse suddenly **bolted**."
"I thought you said your horse was a slowcoach!", zischte Alina ihn an und schluckte alles, was sie ihm sonst noch gern gesagt hätte, mit Rücksicht auf die anderen hinunter.
Glücklicherweise hatte sich Mia soweit beruhigt, dass sie weiterreiten konnte.

to put sb at risk jdn in Gefahr bringen
completely vollkommen
irresponsible unverantwortlich
to put sb in charge jdm die Verantwortung übertragen
fault Schuld
to bolt durchgehen

Alina war heilfroh, als ihre Gruppe ohne weitere Zwischenfälle den Hof erreichte. Sie half noch beim Absatteln, brachte die Pferde auf die Wiese und zog sich dann in Megans Zimmer zurück. Ihr dröhnte so sehr der Kopf, dass sie nichts mehr hören oder sehen wollte.
Mit einem Ruck wurde die Zimmertür aufgerissen. Joshua polterte ins Zimmer.

"**Unbelievable**!", schrie er sie tatsächlich an. Ausgerechnet! "You **pretend** you're so nice, but you're really just a nasty little **snitch**. **As soon as** we get back, you run **straight** to my dad and **tell on** me!"
"Are you mad?" Alina hatte wohl nicht richtig gehört. "I didn't tell on you!"
"Oh, really?" Joshua machte einen Schritt auf sie zu. "So how did my dad know that my horse bolted? He was **furious** with me! He says I have to **apologize** to that little **brat**."
Alina platzte endgültig der Kragen.
"Yes, you do!", brüllte sie ihn an. "You were **incredibly** irresponsible. What if that little girl had had an accident? It would have been all your fault."
Joshua verdrehte die Augen. "An accident? She was riding Moonlight, **for God's sake**! That horse is completely safe. She never bolts. She just ran a little faster. Stop **making such a fuss**."
Alina fasste sich an den Kopf. "Oh, **piss off**, Joshua!", zischte sie zwischen den Zähnen. "You're giving me a headache! I don't know **what's got into you**, but go away and leave me alone now, will you?"
"**Like hell!**", entgegnete Joshua. "The only reason you want me to leave you alone is because you don't want to **admit** that you're a nasty little snitch."

unbelievable unglaublich
to pretend vorgeben
snitch Petze
as soon as sobald
straight direkt
to tell on sb jdn verraten
furious wütend
to apologize sich entschuldigen
brat Gör(e)
incredibly unglaublich
for God's sake um Gottes Willen
such so
to make a fuss einen Aufstand machen
Piss off! Verpiss dich!
What got into you? Was ist in dich gefahren?
Like hell! Den Teufel werde ich tun!
to admit zugeben

"Piss off!" Alina griff ihren Stiefel und warf ihn in Joshuas Richtung. "Leave me alone! You know it wasn't me. But believe me, I would have loved to tell on you, because I don't think you should take anybody riding ever again. You**'re nuts**!" Joshua duckte sich und wich dem Stiefel geschickt aus. Dann warf er die Tür mit einem Knall zu und stürmte die Treppe hinunter.

to be nuts
spinnen

A Riding Lesson for Babies

"Hey, Alina, we're helping Aunt Chloe with her riding lesson today!", rief Megan Alina zu.
Alina saß noch beim Frühstück. Jetzt löffelte sie ihre Cornflakes schneller, stürzte den heißen Tee mit einem Schluck hinunter und stand auf.
"Alina, you don't have to **clear the table**!", rief Mrs Fitzgerald aus der Küche. "I'll do that. You go to the riding school with Megan. The first pupils will be here in half an hour."
"Okay, thanks!", rief Alina und strahlte.
So schnell sie konnte schlüpfte sie in ihre Reitstiefel und rannte zur Halle hinüber.
Megans kleine Schwester Katie stand schon auf dem Hof. Sie hatte ein Pferd an den Anbindehaken gebunden und putzte es voller Hingabe.
"This is William III", stellte sie Alina das Pferd vor. "I've been riding him for two years now."
"He's great", staunte Alina. "God, I really **envy** you. You have so many wonderful horses here."
Nun kam auch Grace mit ihrem Apfelschimmel über den Hof und steuerte einen Anbindehaken an.
"Will you be helping out this morning, too?", fragte Alina sie. "It's a riding lesson for **beginners**."
Grace verzog das Gesicht und kniff die Augen zusam-

to clear the table den Tisch abdecken
to envy beneiden
beginner Anfänger(in)

men. "I spend all my free time riding. Does that **bother** you?"
Warum sollte es?, wunderte sich Alina.
"Stupid cow!", flüsterte sie Katie zu. "Why is she being so **snotty**? I have**n't** done **anything** to her."

to bother stören
snotty schnöselig
not anything nichts
impossible unmöglich
to argue sich streiten
to ignore ignorieren
to spoil verderben
pasture Weide

"She doesn't like you because Joshua doesn't like you", antwortete Katie leise.
"And why doesn't he like me?", bohrte Alina weiter.
"I think he's angry because you're allowed to ride Nebo. And he thinks you told on him yesterday", entgegnete Katie. Dabei kämmte sie ihrem Pferd liebevoll die Mähne. "But don't worry about it. It's almost **impossible** to get on with Joshua at the moment."
"Okay", antwortete Alina, aber sie war doch bedrückt. "But anyway", sagte sie leise, "I don't like **arguing** with people. Especially not my best friend's brother."
"Forget about it", winkte Katie ab. "Just **ignore** him. And don't let him **spoil** your holidays."
"I'll try", seufzte Alina. Aber sie ahnte, dass das schwer werden würde.
"Alina!", rief Megan und winkte von der Wiese herüber. "Could you please fetch Bell and Chris from the stable? I'll use them for the riding lesson today. And I'll fetch Tinkur from the **pasture**."
"All right!", antwortete Alina begeistert.
Sie hatte so laut gerufen, dass Milkmaid, Grace' Pferd,

vor Schreck einen kleinen Satz machte und den Kopf zurückwarf.
"Can you shout any louder?", zischte Grace sie an. "**I can tell** you're a city kid. You**'re obviously used to drowning out** the traffic!"
Alina seufzte. Heute konnte sie es dieser Zicke wohl nicht mehr recht machen. Am klügsten war es sicher, wenn sie erst gar nicht darauf antwortete. Alina drehte sich um und ging in den Stall. Doch an der Stalltür blieb sie wie angewurzelt stehen.
"She doesn't get on with Nebo at all!", hörte sie Joshuas Stimme, laut und aufgeregt. "She**'s** always **praising** him, **petting** him, giving him treats and stuff. Before you know it that horse is going to be as **spoiled** as she is."
Alina horchte. Über wen redete Joshua?
"I didn't see her doing anything like that", war nun die Stimme von Mr Fitzgerald zu hören. "**On the contrary.** She seems very **responsible** to me."
"But Nebo's my horse! You gave him to me to ride." Joshuas Stimme klang jetzt richtig unglücklich.
Betroffen hielt Alina inne. Wenn Joshua wirklich so verzweifelt war, wollte sie Nebo auf keinen Fall weiter reiten. Sie konnte gut verstehen, dass er traurig war, weil sein Vater *sein* Pferd einfach an sie abgegeben hatte.
"Listen, Josh. It's only for six weeks", versuchte Mr Fitzgerald ihn zu trösten. "But I can understand that

I can tell. Man sieht's.
obviously offensichtlich
to be used to sth an etw gewöhnt sein
to drown out übertönen
to praise loben
to pet streicheln
spoiled verwöhnt
On the contrary. Im Gegenteil.
responsible verantwortlich

you're **upset**. If you like, you can look after Sciani in the meantime."
"Sciani?" Joshuas Stimme klang ungläubig. "Really?"
"You know she's not easy. You have to be a responsible rider, all right? But I believe you can do it."
"All right. Thanks", meinte Joshua. "If I can ride Sciani, that stupid friend of Megan's can have my horse. But only for six weeks, promise?"
"Promise."
"Okay." Joshua drehte sich um und kam jetzt direkt auf Alina zu. Mit einem Satz sprang Alina hinter einen Stapel Heu und duckte sich. Wäre ja auch zu blöd gewesen, wenn Joshua sie in diesem Moment entdeckt hätte. Er musste nicht erfahren, dass sie das Gespräch mit angehört hatte.

upset verärgert
hay Heu
hayloft Heuboden

"Could you get some **hay** from the **hayloft**, please, Josh?", rief Mr Fitzgerald hinter seinem Sohn her. "I have to go into town to buy some things."
"I'll do everything you told me to", entgegnete Joshua.
Als Joshua und Mr Fitzgerald den Stall verlassen hatten, fühlte sich Alina irgendwie unglücklich. Sie holte die beiden Pferde Bell und Chris von der Wiese und ging mit ihnen auf den Hof. Dann band sie sie fest und begann, sie ebenfalls für die Reitstunde zu striegeln.
Megan gesellte sich zu ihr. Sie griff den Mähnenkamm und kämmte Bells helle Mähne. Dann schaute sie kurz zu Alina hinüber. Sie kannte Alina nur zu gut und merkte sofort, dass etwas nicht stimmte.
"Is everything all right?"
Alina nickte. Dann schüttelte sie den Kopf.

"I don't know. Joshua is so angry with me", meinte sie. "He's telling your dad that I give his horse treats and pet it all the time. I didn't do things like that even when I was little."

Alina schluckte. Sie griff nach dem Hufkratzer und bückte sich, damit Megan nicht sah, wie traurig sie war.

"Hoo", sagte sie zu Bell und klopfte gegen ihr Bein. Bell verstand und hob den Huf, damit Alina ihn auskratzen konnte. Vorsichtig setzte Alina den Huf zurück auf den Boden, hob dann den nächsten Huf. Megan betrachtete sie nachdenklich.

"I know you don't treat horses like that! I'm so sorry, Alina. He can be really rude", sagte sie dann.

Katie kam dazu, um Alina und Megan zu helfen. Sie band Pims, ein weiteres Pferd, an einen Anbindehaken. Es sollte ebenfalls in der Reitstunde geritten werden. Nachdenklich schaute sie Alina an. "Please don't let Josh **upset** you." Sie strich Alina über den Arm. "He's always like that. He **bullies** my friends, too."

"Sometimes I wish someone would **teach** him **a lesson**", zischte Megan. "Not so that he's badly **injured** or anything, just enough for it to hurt."

"Perhaps he could fall into the **dung heap** and not be able to **get out**!", ergänzte Katie.

Bei der Vorstellung musste Alina laut lachen.

"Yes, that would be **hilarious**", meinte sie. "I could film it and put the clip on YouTube."

to upset durcheinanderbringen
to bully schikanieren
to teach sb a lesson jdm eine Lektion erteilen
injured verletzt
dung heap Misthaufen
to get out herauskommen
hilarious saukomisch

Die drei kicherten noch eine Weile und Alina ging wieder leichteren Herzens zu ihrem Pferd.

Nach und nach kamen die ersten Reitschüler, drei Mädchen und ein Junge, auf den Hof. Auch Tante Chloe war mit ihrem alten Ford eingetroffen und begrüßte die vier herzlich.
"This is Alina", stellte sie ihnen ihre neue Assistentin vor. "She and Megan will be helping me with the riding lesson today, so we can work with the **poles** and maybe even build a little **jump**."
Was für eine tolle Aussicht!
"**Off you go**, saddle the horses. Alina, **sweep** the yard again, please. **After that** we can start", sagte Tante Chloe.
Alina schnappte sich den Besen und fegte den Schmutz zusammen, der durch das Hufeauskratzen entstanden war. Als sie das Kehrblech zur Schubkarre tragen wollte, nahm Tante Chloe es ihr ab.
"Let me take that", sagte sie und ging damit in Richtung Scheune. Genau in diesem Moment wurde ein Heuballen aus der Luke des Heubodens geschleudert. Er traf Tante Chloe so unerwartet, dass sie heftig erschrak, gegen die Karre prallte und so unglücklich fiel, dass sie mit dem Kopf auf dem Hofpflaster landete.
"Aunt Chloe! Oh my God, are you hurt?", brüllte Megan und rannte zu ihr.
Tante Chloe rappelte sich wieder auf. "It's not **that** bad. I'm okay. I**'m** just **getting on a bit**, that's all."

pole Stange
jump Hindernis
Off you go. Los jetzt.
to sweep (swept, swept) fegen
after that danach
that so
to be getting on a bit nicht mehr die Jüngste sein

Sie versuchte zu lächeln.
"What complete idiot is up there in the hayloft, throwing **hay bales** at us?", schrie Megan zum Heuboden hinauf. "Joshua, is that you? You've hurt Aunt Chloe!"
Tatsächlich schaute Joshua nun aus der Luke. Seine Augen suchten den Hof ab und blieben an Alina hängen.
"He was trying to hit me", murmelte sie fassungslos.
"Josh, you **know perfectly well** that you can't throw hay bales down without checking first whether anyone is **underneath**!", brüllte Megan weiter. "What the hell is wrong with you? I thought you grew up on this farm!"

hay bale Heuballen
to know perfectly well ganz genau wissen
underneath darunter
to swell up aufschwellen
to have concussion eine Gehirnerschütterung haben
to cancel ausfallen lassen

"I'm sorry, Aunt Chloe!", rief Joshua herunter und schien wirklich ein schlechtes Gewissen zu haben. "Did I hurt you?"
Mit einem sportlichen Satz sprang er vom Heuboden, ging zu Tante Chloe und besah sich ihren Kopf.
"Oh dear – this is going to **swell up**!", meinte er kleinlaut.
"Aunt Chloe, you'd better go and find Mum", schlug Megan vor. "You should see a doctor."
"Yes, you should", meinte auch Alina. "You might **have concussion**."
"This is the last thing I need", jammerte Tante Chloe. Sie sah sich zu den Reitschülern um. "We'll have to **cancel** today's riding lesson."
"No way!", mischte sich Megan ein. "Alina and I will

take the lesson. Don't worry, we can **do it**. We won't **put up** any jumps, **though**. One **fall** is enough for to-day."

Joshua war wenigstens so anständig, Tante Chloe zu seiner Mutter zu begleiten.

In der Zwischenzeit hatten die vier Schüler ihre Pferde in die Halle geführt und verteilten sich dort.

"Okay, **mount** your horses! Start at a walk, nice and slow. And **keep your distance**", kommandierte Megan.

Sie hatte sich in der Mitte der Halle auf eine Futtertonne gesetzt und sah aufmerksam in die Runde, die nun im Schritt auf dem ersten Hufschlag ritt. Alina stellte sich neben sie.

"Katie, sit up **straight**, legs close to the horse's **belly**", verbesserte Megan ihre kleine Schwester. "And you, Liz, **straighten** your legs. Yes, that's better."

"Keep your distance, Grace", sagte Alina und sah sofort, dass Grace sich über die Kritik ärgerte. Auch Megan hatte es bemerkt. Sie zwinkerte Alina zu.

Alina rückte dichter an ihre Freundin heran und flüsterte: "I'd better not give Grace any more **instructions**. She**'s acting** like a **prima donna**, just like Joshua."

Megan grinste. "I'll take her", erwiderte sie.

"Is the door **clear**?", hörten sie nun Joshuas Stimme von draußen.

to do it es schaffen
to put up aufstellen
though allerdings
fall Sturz
to mount aufsitzen
Keep your distance. Abstand halten.
straight gerade
belly Bauch
to straighten durchdrücken
instruction Anweisung
to act sich benehmen
prima donna Primadonna
clear frei

"Wait!" Megan wartete ab, bis Grace an der Tür vorbeigeritten war. "It's clear!", rief sie dann.
Joshua betrat die Halle, aber zu Alinas Überraschung war er nicht allein. Er hatte das neue Pferd, Sciani, dabei.
"Joshua? Are you nuts? What are you doing here with that horse?", fragte Megan entgeistert.
"I've come to join your riding lesson. Dad said that while Alina's riding my beautiful horse, I should ride Sciani."
Joshua sah Alina dabei nicht an, aber seine Missgunst lag förmlich in der Luft.
"This is a lesson for kids and beginners. There's no way you can use it to **break in** a young horse", mischte sich Alina ein.
Ihr stand die Wut bis zur Unterkante Oberlippe. Was bildete sich dieser Typ bloß ein? Erst beleidigte er sie und machte sie vor seinem Vater schlecht, dann verletzte er Tante Chloe mit dem Heuballen und nun wollte er einfach so mit einem jungen, nicht ausgebildeten Pferd die Reitstunde aufmischen?

to break in
einreiten
beauty
Schöne(r)
to calm down
sich beruhigen

"My horse is a beginner, too. This lesson is perfect for us", erwiderte Joshua ungerührt.
"Josh! You know you can't do this", sagte Megan ärgerlich.
Joshua tat, als hörte er nichts.
"All right, my **beauty**. **Calm down**. I'm going to mount you now", redete er Sciani zu. Dann steckte er vorsichtig ein Bein in den Steigbügel, nahm mit dem anderen

Bein Schwung und landete sanft, und ohne Sciani zu erschrecken, im Sattel. Die Gruppe hatte angehalten und alle sahen ihm interessiert beim Aufsteigen zu. Als er im Sattel saß, klatschten sie.
"Great, Joshua!", rief Grace begeistert. Sie drehte sich zu Alina um. "We**'re supposed to** have a boring lesson with no poles or jumps today, anyway. So Sciani can easily take part."
"I mean, it's not **as if** this horse isn't **broken in**", erklärte Joshua den anderen. "Dad's ridden her several times. It's just that it's her first riding lesson."
Er wandte sich Alina zu. "What did you want us to do?"
"Ride at walking pace", wiederholte Alina.
"In small circles, the **length** of the arena", ergänzte Megan.
Joshua lenkte sein Pferd neben Grace' Apfelschimmel und ritt neben ihr her.
Grace strahlte.
"That**'s worked out** well!", rief sie begeistert. "Sciani's really friendly, isn't she."
"**Line up** and ride in circles in every corner to make the horse **turn round**", wiederholte Alina noch einmal etwas lauter.
Die Reitschüler ritten nun bestimmt schon die fünfte Volte. Nur Joshua und Grace kümmerten sich überhaupt nicht um Alinas Anweisung. Sie schritten zu zweit nebeneinander und redeten, als wären sie auf einem gemeinsamen Ausritt.

to be supposed to do sth etw tun sollen
as if als ob
broken in eingeritten
length Länge
to work out klappen
to line up sich aufstellen
to turn round *hier:* sich biegen

Megan warf Alina einen kurzen Blick zu. Die zuckte die Achseln.

"We**'ll** just **keep going**, okay?", flüsterte sie. "It's not our fault if they don't want to ride with the others."

Megan nickte.

"Stay on the first **hoofbeat**. Now, next time you ride the length of the arena, prepare to start at a **trot**", rief Megan. "Okay – slowly start at a **rising trot**!"

Die Reitschüler führten ihre Pferde auf den ersten Hufschlag. Dann trabten sie an.

"Start at a trot? Did you say that?" Joshua tat ganz erschrocken.

to keep going weitermachen
hoofbeat Hufschlag
trot Trab
rising trot leichter Trab
to make way Platz machen
Whoa! Brrr!
to slow down langsamer gehen
to rein in zügeln

"Change to the second hoofbeat if you don't want to!", motzte ihn Alina an. Ihre Geduld war zu Ende. "Go behind Grace and **make way** for everyone else."

Joshua versuchte, sein Pferd hinter Grace' zu lenken, aber Sciani mochte das nicht. Die Stute wollte partout neben Milkmaid bleiben.

"I'll trot, too!", rief Grace Joshua zu.

Dann trabte sie an. Sciani war überrascht, dass Milkmaid ihr davontrabte. Sofort warf sie den Kopf in den Nacken und machte ebenfalls einen Satz nach vorne, was wiederum Joshua überraschte. Er flog ein Stück nach hinten, fing sich aber schnell. Andere hätte das sicherlich aus dem Sattel geworfen, aber Joshua war ein guter Reiter. Schnell streckte er die Beine lang und setzte sich tief in den Sattel.

"**Whoa**, Joshua, **slow down**. **Rein** your horse **in** first!", ordnete Megan an.

Wahrscheinlich hätte Joshua das sogar gerne getan. Aber Sciani machte ihm einen Strich durch die Rechnung. In schnellem Tempo trabte sie an allen vorbei und setzte sich in der nächsten Ecke in den Galopp.
“Stooooop!”, rief Alina den Reitschülern zu. “Everybody rein in, stop, and come to the middle of the arena.”
Gott sei Dank gelang es allen Reitschülern, ihr Pferd prompt anzuhalten.
“You**'d** better **dismount**!”, rief Megan ihnen zu.
Folgsam stiegen alle von ihren Pferden. Nur Grace wusste es mal wieder besser und blieb einfach im Sattel sitzen.

to dismount absteigen
lap Runde
nightmare Albtraum

Runde um Runde jagte Joshua auf Sciani im Galopp durch die Halle. Immer wieder versuchte er das Pferd anzuhalten, aber Sciani legte sich mit ihrem ganzen Gewicht auf das Gebiss und verhinderte damit, dass Joshua über die Zügel auf sie einwirken konnte. Sie rannte mit aller Kraft vorwärts. Joshua zog an den Zügeln, aber das bewirkte überhaupt nichts.
Alina und Megan sahen einander kurz an. Megan grinste schadenfroh.
“This'll do him some good”, sagten ihre Augen.
“And, Josh, when you've finished doing your extra **laps**, it would be nice if you could stop, too”, meinte sie schließlich mit einem etwas höhnischen Unterton.
Endlich gab Sciani auf. An der Längsseite wurde die junge Stute langsamer und hielt schließlich an. Joshua sprang trotz allem elegant aus dem Sattel.
“What a **nightmare**!”, rief er. “I don't think even Robert Redford could have done better.”

Seine Stimme klang gewollt fröhlich. Aber an seinem bleichen Gesicht war zu erkennen, dass ihm der Schrecken ganz schön in die Knochen gefahren war.
"**Right, that's enough!**", fuhr ihn Megan an. "**Either** you wait until we've finished and ride Sciani **afterwards**, **or** you leave the indoor school and go to the **outdoor arena**."
"**Come on**, Megan, don't be such a **pain**!", versuchte Joshua sie zu besänftigen. Aber Megan ließ sich nicht beruhigen.
"If you don't go away right now, I'm going to get Mum!", schrie sie ihn an.
"You're such a little snitch, just like your friend!", erwiderte Joshua verärgert. "Fine. This riding lesson is for babies, anyway. I'm going!"
Und er führte sein Pferd zum Tor der Reithalle.
"Wait, I'll come with you!", rief Grace ihm nach.
"**Peace at last**!", seufzte Megan erleichtert. "Everybody, please mount your horses again."
Als Joshua und Grace die Halle verlassen hatten, atmete auch Alina auf.
"Okay, let's go on!", seufzte sie.
Der Reitunterricht konnte weitergehen.

Right, that's enough! So, das reicht!
afterwards nachher
either ... or entweder ... oder
outdoor arena Reitplatz
Come on. Komm schon.
pain Nervensäge
Peace at last. Endlich Ruhe.

An Incredibly Good-Looking Boy

Als Alina am nächsten Morgen aufwachte, lag Megan nicht mehr in ihrem Bett. Irritiert schaute Alina auf ihr Handy. 6.15 Uhr? Sie standen doch sonst immer erst gegen 7.00 Uhr auf. Und gerade Megan war eine ausgesprochene Langschläferin. Verwundert richtete sich Alina im Bett auf. Megan lehnte am Fenster und schaute hinaus.

good-looking gutaussehend
sunrise Sonnenaufgang
romantic romantisch
soap opera Seifenoper
to rise (rose, risen) aufgehen
right direkt

"Megan?", fragte Alina überrascht. "Are you okay?"
Megan grinste.
"More than okay! I'm great!"
"Is there something interesting out there?", fragte Alina nach.
"Oh yes", bestätigte Megan und grinste. "A wonderful **sunrise**. And a **romantic** scene, better than any **soap opera**."
Alina runzelte die Stirn. "What do you mean?" Sie warf ihre Decke zur Seite und kroch aus dem Bett. In T-Shirt und Schlafanzughose stellte sie sich neben ihre Freundin und blickte wie sie aus dem Fenster.
"You're right. The sunrise is beautiful. Aunt Chloe lives over there in that little house, doesn't she? Look, the sun **rises right** above it. Do you think ..."

"Ssh!", flüsterte Megan. "It's not about the sunrise." Und sie zeigte zum Stall hinüber. Eine Gestalt stand dort und schien zu warten.
"Who's that? Isn't that Grace?", wunderte sich Alina. "Why is she up so early? Is she going riding?"
"Oh Alina, don't you **get it**?", fragte Megan und kicherte. "Grace would never get up this early. She loves to **sleep in**. Even more than I do."
"But why is she ..."
Alina brach ab. Denn in diesem Moment huschte eine zweite Gestalt über den Hof.
"Joshua? That's Joshua, isn't it?" Alina kniff die Augen zusammen.
"So, my dear, now add two and two. Grace, Joshua, early morning, sunrise, **equals** ...?"
"They've got a date?", vermutete Alina und lachte.
Megan schüttelte den Kopf. "That's probably what Grace is hoping for. But what is Joshua thinking?"
Alina überlegte. "That maybe she could do his stable duty? It's his turn today, isn't it?"
"You should be a detective", meinte Megan und grinste.
Tatsächlich. Grace ging auf Joshua zu und versuchte ihn zu umarmen. Aber Joshua klopfte ihr bloß freundlich auf die Schulter. Dann zeigte er auf die Mistkarre und sagte etwas.
"Ah, Grace, good to see you. I have to muck out the stables; **do** you **feel like** helping me?", übersetzte Megan seine Mundbewegungen.

to get it kapieren
to sleep in ausschlafen
equals ist gleich
to feel like doing sth Lust haben etw zu tun

"While you're doing that, I'll fetch my horse from the stable. And when you've finished, you can watch me ride", ergänzte Alina.
Die beiden Mädchen lachten.
"We're a great team, aren't we?" Megan kicherte. "Poor Grace still doesn't get it, though."
"Love is blind", fügte Alina hinzu.
Tatsächlich ließ Grace ein wenig die Schultern hängen und Alina bildete sich ein, die Enttäuschung in ihrem Gesicht zu erkennen.
"Hey, look at that. We were right. He's actually getting a **bridle**. My God, he's unbelievable", regte sich Megan auf. "How can anyone fall in love with a guy like that?"
Sie ließ sich in ihr Bett zurückfallen. Auch Alina kroch wieder in ihr Bett.
"Do you have a boyfriend?", fragte sie.
Megan zögerte. "There is a boy in my year who I like", erzählte sie dann. "But he isn't really interested in me. **Unfortunately**."

bridle Zaumzeug
unfortunately leider
while Weile
to split up with sb sich von jdm trennen
upset aufgebracht

Sie machte eine kurze Pause. Alina wartete.
"Once at a school party he talked to me for a **while**. That was it."
Die beiden Mädchen schwiegen.
"And what happened to your boyfriend?", wollte Megan wissen. "His name was Stefan, wasn't it?"
"Yes, Stefan", nickte Alina. Die Erinnerung an ihn tat immer noch weh. "He **split up with** me six months ago. I e-mailed you."
"I know", sagte Megan. "You wrote me about a hundred e-mails. You were so **upset** about it."

Alina schluckte. “Yes, it all came completely **out of the blue**. We had a date and he just **did**n’t **turn up**. Then he called me and said he was ill.”
“Yes, I remember”, meinte Megan. “And then a day later you saw him hand in hand with another girl.”
“Exactly. With Svenja from my class. It was such a shock.” Alina dachte nach. “He told me that he’d fallen in love with Svenja and how sorry he was and that we could still be friends and all that rubbish. But I didn’t want to be his friend. I really hated him for lying to me.”
“What happened to the two of them? Are they still a **couple**?”
“They were only together for one month”, sagte Alina. “Svenja **finished with** him. That evening Stefan **came round** and tried to **persuade** me to go out with him again. But I didn’t want to any more.”
Megan richtete sich auf. “Well, absolutely”, meinte sie. “First he **cheats on** you and then he wants to come and cry on your shoulder? I don’t think so.” Sie schüttelte verständnislos den Kopf. “No, let him look for someone else. There are **plenty of** stupid girls around. Look at Grace.”
“Talking about Grace, what are our two **lovers** doing down there?”, überlegte Alina und sprang noch einmal aus dem Bett zum Fenster. Dann lachte sie.
“It’s just like you said. Grace is cleaning the stables, and Joshua **is leading** Sciani to the arena.”

out of the blue aus heiterem Himmel
to turn up auftauchen
couple Paar
to finish with sb mit jdm Schluss machen
to come round vorbeikommen
to persuade überreden
to cheat on sb jdn betrügen
plenty of eine Menge
lover Liebhaber(in)
to lead (led, led) führen

"I can't stand it!" Megan seufzte. "How can anyone fall in love with my **selfish**, arrogant brother?"
Alina nickte. "Come on, let's get up", meinte sie dann. "I'd like to watch Joshua breaking Sciani in."
"Yeah, should be fun", sagte Megan spöttisch. "**Hopefully** she'll do some rodeo with him."

Nach einem gemütlichen Frühstück gingen die beiden Freundinnen über den Hof zu den Ställen hinüber.
"It's a pity Grace has cleaned the stables already", jammerte Alina. "I actually love doing it."
"My God", stöhnte Megan. "Well then, you can get up at six o'clock in the morning the day after tomorrow and clean all the stables. Grace probably won't mind. It'll mean she has more time to talk to Joshua."
"No no, I'd better not", winkte Alina ab. "Otherwise they might think I'm stupid enough to let them **take advantage of** me."
"How about a little ride along the beach?", schlug Megan vor.
Alina strahlte. "Great idea. A ride on our own without pupils or tourists – that would be a dream **come true**."
Gerade wollten die beiden Mädchen die Halfter aus der Sattelkammer holen, da hörten sie einen lauten Schrei. Erschrocken sahen sie zum Reitplatz hinüber. Dort saß Joshua auf Sciani und galoppierte über den Platz. Dabei sah er ziemlich hilflos aus.
"Close the arena", schrie er Grace zu.

selfish
selbstsüchtig
hopefully
hoffentlich
to take advantage of sb
jdn ausnutzen
to come true
wahr werden

Grace rannte zum weißen Stromband hinüber und versuchte, den Reitplatz damit abzusperren.
"You can't be serious!", regte sich Megan auf. "Joshua didn't even close the arena?"
"He's very **sure of himself**", wunderte sich Alina.
"Help me, Grace, please!", schrie Joshua, und diesmal klang es ziemlich panisch.

sure of himself
selbstsicher
Don't panic!
Keine Panik!

Grace rannte in die Mitte des Reitplatzes. Mit ausgebreiteten Armen ging sie auf Sciani zu und versuchte, sie in eine Ecke zu drängen. Die Stute rollte panisch mit den Augen.
"Watch out! She's trying to bolt again!", rief Joshua.
Er sah mit einem Mal klein und bleich aus auf Scianis Rücken.
Tatsächlich ließ sich die Stute ein bisschen weiter gegen den Zaun drängen. Doch bevor Joshua abspringen konnte, duckte sie sich und preschte wieder nach vorne, um erneut einige Runden um den Reitplatz zu galoppieren.
"Come on, hurry. We have to help him!", rief Alina, rannte auch schon los und Megan folgte ihr schnell.
Sie krochen unter den Stromzaun hindurch und gingen langsam über den Reitplatz. Joshua galoppierte an ihnen vorbei. Er schien genauso schweißgebadet zu sein wie sein Pferd.
"**Don't panic**, Josh!", rief ihm Megan zu. "We'll stop her when she comes back."
Sie stellten sich in die Mitte und warteten ab. Als Joshua an der langen Seite angekommen war, trat Alina

ihm und seinem Pferd mit erhobenen Armen in den Weg.
"Whoa!", rief sie beruhigend. "Stand still, Sciani!"
Sciani rollte mit den Augen, bremste scharf und drehte einen Spin zur anderen Seite. Nur gut, dass Joshua so ein erfahrener Reiter war. Er ging ganz locker mit seinem Oberkörper mit, wie ein geübter Cowboy.
Megan trat Sciani von der anderen Seite in den Weg und hob die Arme.
"Stop, my beauty!", rief sie ebenfalls.
Als nun auch Grace die dritte Seite mit den Armen begrenzte, gab Sciani auf. Sie wurde langsamer, blieb stehen und atmete schwer.
"**Get down**, Josh!", rief Megan.
Das ließ sich Joshua nicht zweimal sagen. Mit einem Satz war er aus dem Sattel. Dann stellte er sich neben Sciani und streichelte ihr über die Nase.
"Calm down, girl. That was just our first little ride. You did very well." Er versuchte zu lachen. "We**'ll come first** in the rodeo, won't we?"
Alina und Megan wechselten einen kurzen Blick. War ja klar, dass Joshua schon wieder einen coolen Spruch auf den Lippen hatte.
"**Bloody hell**, Josh, that could have been really dangerous", sagte Alina und bemühte sich um einen freundlichen Ton. "If a horse is only just broken in, you have to do **ground work** with it first. It has to learn to trust you and **get to know** the arena."

to get down
absteigen
to come first
Erste(r) werden
Bloody hell!
Verdammte Scheiße!
ground work
Bodenarbeit
to get to know
kennenlernen

"Are you being a **know-it-all** again?", fuhr Joshua sie an. "You don't have to tell me what to do. I know perfectly well how to **deal with** horses."

"Yes, you just us gave us a demonstration", grinste Megan. Dann drehte sie sich zu Alina um. "Come on, we're wasting our time here. Joshua has Grace to look after him."

know-it-all
Besserwisser(in)
to deal with sth
mit etw umgehen

Alina lächelte. "Shall we go for a ride?"

Und die Freundinnen ließen Joshua und Grace einfach stehen.

Auf dem steinigen Weg oberhalb der Klippen vergaßen die beiden ihren Ärger sofort. Nebo und Amy schnaubten. Auch sie schienen den Ritt zu genießen.

"Are we riding to the lighthouse?", wollte Alina wissen.

"If you like", erwiderte Megan.

Sie hatten den obersten Punkt der Klippe erreicht. Nun ging es ein gutes Stück weiter geradeaus – eine willkommene Gelegenheit, schneller zu reiten. Megan drehte sich zu Alina um.

"Let's start at a trot, shall we?"

"Sure."

Auch Amy und Nebo hatten offenbar Lust, eine Gangart schneller zu laufen, und trabten an.

Im Nu waren Reiterinnen und Pferde am Leuchtturm angekommen. Von hier aus hatte man eine wunderschöne Aussicht über die grünen Hügel auf das graublaue Meer. Die Wellen schlugen gleichmäßig gegen die Klippen.

"Shall we stop for a bit?", schlug Megan vor.

Alina war einverstanden. Sie nahmen den Pferden die Sattel und das Zaumzeug ab, banden ihnen ein Halfter und einen Strick um und ließen sie grasen.
Plötzlich kniff Megan die Augen zusammen und blickte zu einem kleinen Haus hinüber, das unterhalb des Leuchtturmes lag.
"What's the matter?", fragte Alina verwundert.
Megan starrte unablässig in die Richtung.
"Do you see that guy down there standing next to the stone house?", fragte sie. "He looks a bit like Lewis Brody."
"And who, **for heaven's sake**, is Lewis Brody?", wollte Alina wissen.
Megans Gesicht rötete sich leicht.
"Well, *him*!", antwortete sie und lachte verlegen.
"You mean the guy from your year?" Alina konnte es kaum glauben.
"I think so. He has the same jacket. And the same way of **tossing** his hair **back**. Yes. That's definitely him."
"What are we waiting for?" Alina lachte. "Let's go! Come on, saddle the horses. We wanted to go past that house anyway. From there we can ride back home across the fields."
Megan sah plötzlich ganz verunsichert aus, geradezu ängstlich.
"I don't know ... Wait, Alina! What will I say to him?"
Aber Alina hatte keine Lust, sich auf eine lange Diskussion mit Megan einzulassen. Im Nu hatte sie Nebo wieder aufgesattelt und aufgezäumt. Dann saß sie auf.
"How long do I have to wait? Come on!"

for heaven's sake um Himmels Willen
to toss back zurückwerfen

Megan blieb nichts anderes übrig, als auch ihr Pferd aufzusatteln und aufzusteigen. Zögernd ritt sie hinter ihrer Freundin her.

Als die beiden Mädchen mit ihren Pferden näherkamen, sah der Junge auf.
"It's him!", zischte Megan. "Oh God, what are we going to talk about? Alina, wait."
Aber Alina ließ sich nicht aufhalten.
Lewis kam vom Hof auf die Straße und sah den beiden Reiterinnen entgegen.
"Hi!", begrüßte ihn Alina fröhlich.
"Hello", sagte Lewis.
Megan brachte keinen Ton heraus. Stumm und mit weit aufgerissenen Augen saß sie auf Amys Rücken.
"I know you!", meinte Lewis zu Megan. "You're in my year at school."
"You know each other?", rief Alina und tat überrascht. "What a **coincidence**."
Megan war immer noch stumm wie ein Fisch.
"It's Megan, isn't it?"
Kein Wort kam über Megans Lippen.
"Yes, Megan Fitzgerald", übernahm Alina wiederum das Reden für ihre Freundin. "And I'm Alina Bremer, Megan's friend from Germany. I'm spending my summer holidays at the Fitzgeralds' farm. It's great."
"I'm sure it is", erwiderte Lewis. Er ging auf Amy zu und streichelte ihre Nüstern. "Welsh Cobs are the most beautiful horses in the world."
"**That's true**", entgegnete Megan.

coincidence
Zufall
That's true.
Das stimmt.

Endlich. Zwei Worte hintereinander. Alina nickte ihr aufmunternd zu.

“I love horses”, meinte Lewis. “I haven’t ridden for years, though.” Er lachte unglücklich. “Riding lessons are too expensive for my parents. Unfortunately.”

“Oh”, machte Megan.

Himmel, war ihre Freundin denn nicht in der Lage, diese einmalige Chance zu erkennen? Alina machte ihr ein verzweifeltes Handzeichen, aber Megan sah sie nur verständnislos an.

“Well, Megan would be happy for you to come round”, ergriff also Alina die Gelegenheit. “She can show you all the other horses. Maybe you could ride Amy or something.”

“Really?”, wandte sich Lewis an Megan.

“Yes, yes, that’s fine with me. Of course!”, erwiderte Megan offenbar völlig überfordert.

Lewis war begeistert. “If you don’t mind, I could come round tomorrow?”, meinte er.

“Tomorrow?”, rief Megan und ihre Stimme klang fast panisch.

“Great idea”, mischte sich Alina wieder ein. “How about three o’clock?”

“I’ll be there!”, versprach Lewis und strahlte.

hopeless
hoffnungslos
adorable
hinreißend

“I’m an idiot. A complete idiot. An absolutely stupid, **hopeless** idiot.” Auf dem Rückweg konnte sich Megan einfach nicht beruhigen. “I mean, I meet Lewis Brody. Lewis Brody from my year. Wonderful, incredibly good-looking, nice, friendly, **adorable** Lewis Brody.

And what do I do? I say: 'Oh' and 'Right' and 'Yes, that's fine with me'. He must think I'm the most boring person in the world."

"Oh Megan, stop **being** so **hard on yourself**", versuchte Alina, ihre Freundin zu trösten. "That can happen to anyone. If Bill from Tokio Hotel suddenly appeared here on the **clifftop**, I'd probably **fall off** my horse into the sea."

"Who's Bill from Tokio Hotel?", wollte Megan wissen.

Aber Alina winkte ab. "The good thing is, Lewis Brody is coming round tomorrow. It would be great if you could talk a bit more, though. I don't want to have to be there the whole time and do all the **speaking** for you."

"Oh my God", stöhnte Megan. "What am I going to say? And what am I going to wear?"

"Breeches and a T-shirt will be fine", lachte Alina.

to be hard on oneself streng mit sich sein
clifftop Spitze der Klippe
to fall off sth von etw runterfallen
speaking Reden

Everything Under Control

Am nächsten Tag war Megan so schrecklich aufgeregt, dass Alina es schon fast bereute, Lewis spontan eingeladen zu haben.

"Megan, calm down", sagte sie immer wieder. "He's just coming round. You don't have to make such a fuss about it. You'll show him the stables, show him Amy, you'll ride a little and help him saddle the horse. Things you've done a hundred times before. There's no way it can go wrong."

control
Kontrolle
to fall over sth
über etw stolpern
dung barrow
Mistkarre
to stammer
stottern

"And what if I **fall over** the **dung barrow**? What if I fall off the horse head first? What if I ..." Megan hatte immer schon eine blühende Fantasie gehabt. "Oh Alina, I can't do it. I'm like Woody Allen. I'll start **stammering** and go red. I ... I ..."

Alina sah, wie Lewis mit dem Fahrrad die Straße zum Hof heraufkam.

"Megan!", sagte sie so ruhig wie möglich. "Calm down. He's coming up the road, okay?"

"He's coming? Already?" Megans Augen weiteten sich.

"Ssh. Don't turn round, or he'll know we were talking about him", flüsterte Alina.

"But he was supposed to come in half an hour! I wanted to put on the black T-shirt. And some different trousers.

These are **covered in horsehair** and …" Megan wurde immer nervöser.

"Megan, you look fantastic. You don't have to **change**. He's come early because he **couldn't wait** to see you. He's looking forward to it, just like you. So smile, and **above all** – stay cool. Okay – he's coming through the gate …"

Allmählich wurde Alina auch etwas nervös. Auf Megans Gesicht waren schon hektische rote Flecken zu sehen.

"Hi!" Das war Lewis. Gleich neben Megan schwang er sich von seinem Fahrrad.

"Hi, Lewis. Great you could come!", sagte Megan.

Gott sei Dank – ein richtig vollständiger Willkommenssatz. Fast hätte Alina vor Erleichterung geseufzt.

"Hello, Lewis", sagte Alina.

"I was really happy to be invited. Thanks so much." Lewis strahlte. Auch Megan sah beinahe glücklich aus.

"I'm a little early, aren't I?", fragte Lewis unsicher.

"No problem", entgegnete Megan schnell. "I just would have liked to change my trousers. These are all covered in hair."

Oh Gott. Warum erwähnt sie das extra noch? Lewis hätte es bestimmt nicht bemerkt. Alina runzelte die Stirn.

"You look **gorgeous**. Horsehair will get on your clothes if you work on a horse farm, won't it?", meinte Lewis und lachte. "Where can I put my bike?"

covered in
voller

horsehair
Pferdehaar

to change
sich umziehen

to not be able to wait
es nicht abwarten können

above all
vor allem

gorgeous
hinreißend

"Here! **Lean** it against the wall of the house", sagte Megan hastig.
Sie ging auf die Hauswand zu und stolperte dabei gegen die Mistkarre, fing sich aber schnell wieder und warf einen kurzen Seitenblick auf Alina. Alina hätte beinahe laut gelacht.
"Can I **take a look at** your horses?", wollte Lewis wissen.
"Of course!", sagte Megan.
"I wanted to help your mother make dinner today", warf Alina ein. "She's making Welsh rarebit and **laverbread**."
"Ah", freute sich Lewis. "I see you're getting to know Welsh **cuisine**."
Alina war sich sicher, dass er sich vor allem darauf freute, mit Megan alleine zu sein.
"See you later, then." Sie winkte den beiden zu und ging zu Emily Fitzgerald ins Haus.

to lean lehnen
to take a look at sth einen Blick auf etw werfen
laverbread Tangbrot
cuisine Küche
shellfish Meeresfrüchte

Als Alina zwei Stunden später aus der Küche kam, hatte sie viel gelernt. Welsh Rarebit war im Grunde nichts anderes als Toast, der mit Käse überbacken war. Laverbread zu backen war schon schwieriger. Laver war nämlich grün-schwarzer mehr oder weniger schleimiger Seetang, der gekocht und püriert werden musste. Anschließend wurde dieser Brei angedickt, in Mehl eingerollt und gebacken.
"You eat it with ham or **shellfish**", hatte Mrs Fitzgerald erzählt.

Aber Alina war sich nicht sicher, ob sie diese walisische Spezialität wirklich zum Abendessen probieren wollte. Immerhin hatte sie zwei typische Rezepte kennengelernt, und das Kochen mit Megans Mutter hatte viel Spaß gemacht.
Jetzt freute sie sich wieder auf die Pferde.
Als Alina auf den Hof trat, sah sie ihre Freundin am Rand des Reitplatzes stehen. Megan schaute zu, wie Lewis ihre Stute Amy ritt. Lewis schien seine Sache gut zu machen. In leichtem Sitz trabte er über den Platz. Megan gab ihm offenbar ein paar Tipps und sah dabei sehr glücklich aus. Klar, dass Alina nicht stören wollte. Sie winkte Megan zu und beeilte sich, weiter in den Stall zu kommen.
Joshua stand vor Scianis Box und schaute das Pferd nachdenklich an. Als er Alina sah, grinste er ein wenig.
"Hi", meinte Alina genauso verlegen. Sie musterte Joshua. "Can I help at all?"
"I'm thinking about taking Sciani to the indoor arena", meinte Joshua. "I'd like to teach her some **dressage figures**."
"Dressage figures?" Alina hätte fast losgelacht. "You are kidding, aren't you? You should **lunge** her first."
"Lunge her?" Joshua verdrehte die Augen. "This is easy – walking the horse round and round in circles like a stupid dog."
"Josh, you know that's not true", sagte Alina. "Lungeing is the only good way to train a horse. It learns to listen to you and walk in a proper rhythm. **Besides**, lungeing **strengthens** its **back muscles**, and ..."

dressage figure Dressurfigur
to lunge longieren
besides außerdem
to strengthen stärken
back muscles Rückenmuskulatur

"Okay? Finished?" Joshua unterdrückte ein Gähnen. "Go and get the **lunge rein** and the **whip**, if that's what you want to do."

"We'll just be walking in circles, right?", fragte Alina unsicher.

"If you **insist**", seufzte Joshua.

Der Longierzirkel lag hinter dem Hof, umgeben von einem hohen Zaun. So war es den Pferden nicht möglich auszubrechen.

lunge rein Longe
whip Peitsche
to insist (on sth) (auf etw) bestehen
fight Kampf

Joshua bestand darauf, Sciani selbst zu satteln und aufzuzäumen. Dann legte er das Halfter über die Trense und band die Longierleine fest.

Sciani hatte die Ohren nach hinten gelegt. Misstrauisch beäugte sie die Peitsche.

Joshua stellte sich in die Mitte des Platzes und gab ein Stück Longe frei. Sanft trieb er die Stute mit der Peitsche an, während er in der Mitte stehen blieb und sich mit ihr mitdrehte.

Sciani zerrte an der Longe und warf ihren Kopf nach hinten.

"Give her more room with the lunge rein", rief Alina. "It looks like a **fight** at the moment."

"You're a pain in the neck!", rief Joshua. "This *is* a fight. And I'm going to win."

Und er zog heftiger, aber auch Sciani zerrte an der Longe. Joshua hatte Mühe, sich dagegenzustemmen, doch er ließ die Longe nicht los. Sciani wurde immer wilder und vollführte nun sogar ein paar Bocksprünge.

"Aha, now she's even learning how to jump." Joshua lachte.

"And you're going to get kicked in the face if you don't **extend** the lunge rein!", warnte ihn Alina.
Tatsächlich drehte Sciani ihr Hinterteil in Joshuas Richtung und trat wieder in die Luft.
"Joshua!", schrie Alina. "Watch out! Do as I said!"
"Joshua, are you mad?", rief nun auch eine andere Stimme. Tante Chloe kam über den Hof gerannt auf den Longierzirkel zu.
"Not her as well!", murmelte Joshua, ließ die Longe aber tatsächlich länger. Sciani entspannte sich und vergrößerte den Zirkel.
Tante Chloe war am Zaun angekommen, öffnete das Gatter und trat in den Zirkel.
"Stop!", sagte sie.
Joshua sprang vor und hielt Sciani an. Seinem Gesicht war die Verärgerung deutlich anzusehen. "What's the problem?"
"You know exactly what's the problem!", wies ihn Tante Chloe zurecht. "Do you want to train this horse, or do you want to show her who's the boss?"
Joshua antwortete nicht.
"**Put yourself in her place**", erklärte Tante Chloe. "It's her first time in the circle, she's excited, she's tied to a lunge rein, and you have a whip in your hand. No **wonder** she's going crazy."
Sie ging zu Sciani und sattelte das Pferd ab.
"Alina! Take these back!", ordnete sie an.
Alina nahm Sattel und Zaumzeug, brachte die Sachen aus dem Longierzirkel, blieb aber am Zaun stehen. Dann löste Tante Chloe die Longe.

to extend länger lassen
Put yourself in her place. Versetz dich in ihre Lage.
wonder Wunder

"All right, my girl! Now, first, you take a good look round", sagte sie.
Erleichtert machte Sciani ein paar wilde Bocksprünge. Anschließend rannte sie einige Runden und schnupperte am Zaun.
Joshua verdrehte die Augen.
"Okay? Finished?", murmelte er.
Jetzt wurde Tante Chloe richtig böse.
"If you don't have the **patience** for this, you should buy yourself a bike instead!", schimpfte sie. "If you don't train this horse in a responsible way we'll have problems with her afterwards. And you want to ride her in the summer tournament, don't you?"
"I don't just want to ride her in it", sagte Joshua und grinste. "I want to win."
"Oh, God!" Alina konnte nicht fassen, wie wenig Joshua kapierte. "Be realistic, Joshua. This horse is just being trained. In one month you can be happy if you're able to get her to take part in a beginners' riding lesson."

patience Geduld
to direct anweisen
to sag durchhängen

Tante Chloe klopfte Alina auf die Schulter.
"This girl knows how to deal with horses!", sagte sie anerkennend.
Alina sah Joshua an, dass er sie am liebsten erwürgt hätte. Tante Chloe sollte sie besser nicht so viel loben.
"Right. Now you two do the lungeing together!", ordnete Tante Chloe an. "Alina will lead the horse; you, Josh, stand in the middle and **direct** her with the whip and the lunge rein. But extend the lunge rein so that it **sags**."

Alina und Joshua sahen einander nicht an, aber sie spürte, dass Joshua total wütend auf sie war. Er wollte das Pferd *alleine* ausbilden. Es klappte doch gerade ganz gut. Sciani hatte sich beruhigt und verstand, was Joshua von ihr wollte. Ruhig lief sie neben Alina her.

"All right; now **let go**, Alina. Look, she understands what you want. Now she's walking all by herself", freute sich Tante Chloe.

Sciani wirkte nun ganz entspannt. Interessiert blickte sie immer wieder zu Alina hinüber, die ruhig und ohne das Pferd anzusehen neben ihr herging.

"All right, Alina, come and stand next to me!", sagte Tante Chloe jetzt. "She should be able to do it on her own now."

Alina trat zur Seite. Joshua übernahm das Longieren alleine und Sciani drehte Runde um Runde.

to let go loslassen
snaffle Trense

"Now change hands!", schlug Tante Chloe vor.

Joshua wechselte die Hand, und auch dieser Seitenwechsel klappte.

"Great!" Tante Chloe klatschte begeistert. "All right, that was it for today!"

"That was it?", wunderte sich Joshua. "You want me to stop now? You're kidding, right?"

"Fifteen minutes lungeing is enough for such a young horse on the first day", erklärte Tante Chloe. "Tomorrow you two can lunge her with saddle and **snaffle**, and after that you can slowly start mounting the horse."

"Why *you two*?", ärgerte sich Joshua. "I'll do it on my own. Dad said I should train Sciani alone."

tack room Sattelkammer
to stroke streicheln
second Sekunde

"I don't think this is a good idea", meinte Tante Chloe. "It's better if you do it together."

Joshua sagte nichts dazu. Ganz offensichtlich wollte er das jetzt nicht weiter diskutieren.

"Alina can take the saddle and the snaffle back to the **tack room**", sagte er, wobei ein aggressiver Unterton nicht zu überhören war.

"Oh yes, you're happy to have someone to help you with that, aren't you!", entgegnete Alina schnippisch. Trotzdem nahm sie die Sachen bereitwillig an sich und trug sie zum Hof zurück.

In der Sattelkammer traf Alina auf Megan, die sehr glücklich aussah.

"Is Lewis still here?", fragte Alina ihre Freundin.

Megan schüttelte den Kopf. "He's just left. But it was absolutely brilliant. He's a very good rider, and he got on very well with Amy."

"And he also got on very well with you, right?", meinte Alina grinsend.

"More than that. Oh, he's so lovely!" Megan strahlte. "We talked for a while afterwards. He's coming round again tomorrow."

"And what else happened between you?", fragte Alina neugierig.

Megan lächelte ganz verliebt. "Once he **stroked** my hand, just for a **second**. And in the end he hugged me goodbye, and I hugged him back."

"This sounds the start of a love story", seufzte Alina. "Oh, Megan, I do envy you!"
Megan hakte sich bei Alina unter.
"It's all thanks to you", meinte sie. "Thank you for inviting him round."
Alina warf einen Blick auf die Uhr.
"It's almost seven o'clock!", rief sie überrascht. "Time for dinner. Today we're having a Welsh meal made by a German."

Enjoy your meal. Guten Appetit.
slime Schleim

Die ganze Fitzgerald-Familie, Tante Chloe inbegriffen, hatte sich um den großen Küchentisch versammelt. Stolz präsentierte Alina das Ergebnis ihrer Kochkünste.
"My first laverbread and my first Welsh rarebit!", erklärte sie und platzierte die Platte mit dem Brot auf dem Tisch. Mrs Fitzgerald stellte noch eine Schüssel mit Gemüse und eine Platte mit Lammfleisch dazu.
"**Enjoy your meal**", sagte sie.
Joshua verzog das Gesicht. "I've never liked that green laver **slime** and I never will", meinte er.
"Especially not because Alina made it, right?", vermutete Megan grinsend. "I seem to remember you've always eaten it before."
Joshua sagte nichts dazu.
Tante Chloe betrachtete ihn nachdenklich.
"John", wandte sie sich dann an Mr Fitzgerald. "I was watching Joshua lungeing today. He's having some problems with Sciani."
"Really?" Mr Fitzgerald sah seinen Sohn überrascht an. "What kind of problems?"

"Oh God, this is going to get **uncomfortable**!", flüsterte Alina Megan zu. Da halfen auch ihre Kochkünste nichts.

Megan warf ihr einen verschwörerischen Blick zu.

"He shouldn't train the horse on his own", erwiderte Tante Chloe. "He's too **impatient**. He starts fighting Sciani, and she takes off like a **rocket**."

"That's not true", regte sich Joshua auf. "It was just that once. You turned up at a bad time, when Sciani was a bit **over-excited**. But I had everything under control."

Wieder tauschten Alina und Megan kurze Blicke.

> **uncomfortable** ungemütlich
> **impatient** ungeduldig
> **rocket** Rakete
> **over-excited** überdreht
> **As if.** Von wegen.
> **to keep going on about sb** dauernd über jdn reden
> **Got it?** Kapiert?

"**As if**!", sagten ihre Augen.

Mr Fitzgerald entging das nicht.

"It's always better to have two people to do the ground work when you're breaking a horse in", sagte er in versöhnlichem Ton. "Alina can help you. She knows a lot about horses. With her you can ..."

"Oh, for God's sake leave me alone, will you!", brüllte Joshua plötzlich wütend. "Why do you all **keep going on about** Alina? I can do this on my own. And if you won't let me, I can do it with Grace!"

Nun wurde auch Mr Fitzgeralds Stimme lauter.

"Listen to me, Joshua", sagte er klar und deutlich. "I promised you that you could train Sciani. But I want Alina to help you. Do you understand me? Without her you don't go into the arena. **Got it?**"

Joshuas Gesicht war rot vor Wut. Er schluckte, sagte aber nichts. Auch Alina hielt es für besser, ihren Mund zu halten.
Die Stimmung war verdorben. Alle kauten vor sich hin und niemand sagte, wie gut das Essen schmeckte.
Next time I'll give them curry sausage and chips, dachte Alina trotzig.

Just Enjoy the Show

Überraschenderweise kamen Alina und Joshua an den nächsten Tagen bei Scianis Training ganz gut miteinander klar. Sie machten gemeinsam Bodenarbeit mit der jungen Stute. Mal führte Alina das Pferd und Joshua sah zu, dann tauschten sie die Rollen. Dabei berieten sie sich gegenseitig. Soweit das möglich war …
Hin und wieder machte Joshua Bemerkungen wie: "Yes, **Miss** Know-It-All" und hin und wieder dachte Alina: You **sulky** little macho, aber sie stritten sich nicht laut.

Miss Fräulein
sulky launisch

Sciani lernte viel in diesen Tagen. Die kleine Stute wirkte entspannt und vertraute den beiden Reitern.
Problematisch wurde es eigentlich nur, wenn Grace auftauchte. Dann versuchte Joshua alles, um sich wichtig zu tun und Alina schlecht zu machen. Grace freute sich offenbar darüber. Dabei wurde Alina das Gefühl nicht los, dass Grace eifersüchtig auf sie war. Wie lächerlich! Als ob sie Grace diesen kindischen Typen ausspannen wollte. Den konnte sie gerne geschenkt haben.

Auch heute kam Grace wieder zu ihnen herüber.
"I'm going to watch for a bit, okay?", sagte sie und setzte sich auf den Zaun des Reitplatzes.

“Don’t you have anything else to do?”, fragte Alina sie etwas genervt. “We really need some quiet today. It’s Sciani’s first time in the big arena.”
“I never even say anything”, erwiderte Grace beleidigt.
“No, you don’t. But you make Joshua talk louder”, murmelte Alina vor sich hin, ganz leise.
Tatsächlich hatte sich Joshuas Verhalten, gleich nachdem Grace aufgetaucht war, verändert. Er wedelte ein bisschen wilder mit der Gerte herum und sprach mit lauterer Stimme.
“No problem, Grace. It’s nice to have you around”, trompetete er. Dabei schien er nicht zu bemerken, wie Sciani die Ohren anlegte und ängstlich auf die Peitsche schaute.
“**Lower** your voice a bit, Josh”, ermahnte ihn Alina. “Look at that – Sciani’s getting nervous already. And don’t wave the whip around like that. You’d better drop it.”

> **to lower** senken
> **Alzheimer’s (disease)** Alzheimer

Joshua warf Grace einen kurzen Blick zu und verdrehte die Augen.
“Yes, Miss Know-It-All”, sagte er bloß.
Grace lachte. Ihr helles Gegackere ging Alina tierisch auf die Nerven. Um des lieben Friedens willen schluckte sie ihren Ärger aber herunter.
“Good. Let’s start”, sagte sie. “We wanted to start riding in the arena today, remember?”
“Do I look as if I’ve got **Alzheimer’s**?”, erwiderte Joshua.
Wieder geierte Grace ihr helles Lachen. Sie warf ihre rotblonden Haare nach hinten und kam sich offensichtlich total cool vor.

"Then just mount the horse and start at an easy walk", forderte ihn Alina auf. "But be careful you don't press too hard with your legs again."
"I think you should do it today", schlug Joshua vor. "You're the know-it-all. And besides, you're much lighter than me."
Er hatte recht. Alina fand auch, dass sie das Einreiten besser machte als er. Und leichter als Joshua war sie auch. Aber sie hatte Angst, dass es heute Probleme mit Sciani geben könnte. Joshua wirkte so unkonzentriert, das wirkte sich gleich auf sein Pferd aus.
"Are you scared?" Grace grinste. "I guess it's not as easy as you said, then."
"Don't be **ridiculous**!", beeilte sich Alina zu sagen. Wieder wechselten Joshua und Grace einen kurzen Seitenblick. Alina schluckte. Jetzt durfte sie wirklich kein Feigling sein.

ridiculous
albern
neither
weder noch

"Fine, then I'll ride her and you do the lungeing. But be careful, okay? She's very easily frightened."
Wiederum verdrehte Joshua die Augen.
"Is this my horse or is it yours?", fragte er.
"**Neither**. She's John's horse", erwiderte Alina schnippisch.
"But I'm supposed to break her in", erwiderte Joshua nicht ohne Stolz.
Alina verkniff sich eine Antwort. Obwohl sie am liebsten "Only with my help" gesagt hätte.
Sie ging auf Sciani zu und streichelte die Stute kurz. Dann steckte sie ein Bein in den Steigbügel, federte

kurz mit dem anderen Bein nach und zog sich vorsichtig in den Sattel. Sciani blieb ganz ruhig. Ihre Ohren spielten.

"**Well done**", lobte Alina und strich Sciani liebevoll über den Hals. "What do you think, Josh? Shall I pull up the **stirrups**?", fragte sie ihn vorsorglich. "I'll let my legs **hang down** at the sides without moving them. That way Sciani can learn what it feels like to have someone sitting on her back."

Well done.
Gut gemacht.
stirrup
Steigbügel
to hang down
herunterhängen
relaxed
entspannt

"Okay, we'll do it that way", meinte Joshua. Er klang jetzt ganz konzentriert.

"And you lunge her as usual. First we'll start at a walk, and if that works out well we can try a trot, okay?" schlug Alina vor.

"Good. All right." Joshua war erstaunlich kooperativ.

Alina setzte sich entspannt in den Sattel. Und weil Sciani keine Zügel hatte, hielt sie sich an ihrer Mähne fest.

"And *walk*", sagte Joshua mit fester Stimme und ließ die Longe lang. Nun platzierte er sich so, dass er hinter Sciani stand und sie von der Position aus antreiben konnte. Die Peitsche hielt er ruhig auf Scianis Hinterteil gerichtet.

Sciani verstand und ging los. In ruhigem Tempo schritt sie im Kreis herum. Dabei schien sie sich nicht zu wundern, dass diesmal jemand auf ihr saß.

"You do that very well", lobte Joshua. "She seems quite **relaxed**."

Alina freute sich. So ein Lob von Joshua war wirklich etwas Besonderes.

"Keep your legs still like that. And be careful not to touch her belly", ordnete Joshua weiter an. Aber Alina hatte sowieso schon darauf geachtet, Sciani so wenig wie möglich vom Sattel aus zu irritieren.
"How are you doing? Do you feel okay?", wollte Joshua wissen.
Alina war ganz gerührt. So lieb hatte er sich noch nie um sie gesorgt.
"Yes, everything's fine", sagte sie.
"Shall we try a trot then?", fragte Joshua.
Alinas Herz klopfte ein bisschen lauter. "Okay. Fine with me. I'm ready", meinte sie. Sie beugte ihren Oberkörper ein bisschen nach vorne und ging in den leichten Sitz.
"And *trot*!", rief Joshua.
Doch Sciani reagierte nicht.
"Trot, my beauty. Trot!", rief Joshua noch einmal.
"Troooooot!", rief auch Grace und klatschte dabei in die Hände.
Sciani legte die Ohren nach hinten.
"Wait, Josh. I don't think she knows what to do", versuchte Alina zu erklären. "Maybe I should – "
Weiter kam Alina nicht.
"Trot!", brüllte Joshua noch lauter und wippte einmal kurz mit der Peitsche. Dabei berührte er Scianis Hinterteil.
Die Stute zuckte zusammen. Dann schoss sie los.
"Ouch! Damn! My hands!", brüllte Joshua. "Sciani pulled the lunge rein out of my hands – she's given me a rope **burn**!"

burn
Schürfwunde

Aber Alina hatte keine Zeit für Mitleid. Joshua war selbst schuld, denn er weigerte sich beharrlich, Handschuhe anzuziehen.
Sciani jagte mit Alina auf dem Rücken über den Reitplatz.
"**Hold on** to the mane!", brüllte Joshua.
Do you think I'm stupid?, dachte Alina. Selbstverständlich umklammerten ihre Hände Scianis Mähne.

Hold on!
Festhalten!

Joshua stellte sich der Stute in den Weg und wedelte mit der Peitsche.
"Joshua! Put the whip down!", schrie Alina in Panik. "You'll scare her even more!"
Und tatsächlich! Sciani machte eine scharfe Wendung und rannte einfach in die andere Richtung.
Alina ging mit dem Körper mit und fing sich in letzter Minute im Sattel.
"Help! Pick up the lunge rein, Joshua!", rief sie verzweifelt.
Joshua machte einen Hechtsprung auf die Longe zu und versuchte sie zu erwischen. Doch als ob Sciani das geahnt hatte, drehte sie ihr Hinterteil, schlug nach hinten aus und ging vorne hoch.
Das konnte Alina nicht mehr ausgleichen. Sie hatte nicht einmal Zeit, zu schreien – in hohem Bogen flog sie aus dem Sattel und schlug mit dem Kopf gegen den Holzzaun. Für einen Moment wurde ihr schwarz vor Augen.
Erst jetzt gelang es Joshua, die Stute einzufangen.
"Stop, Sciani. Calm down. Calm down. It's all right", sprach er beruhigend auf sie ein. Langsam rollte er die

Longe auf und kam so immer dichter auf Sciani zu. Dann erreichte er sie, fasste sie am Halfter und streichelte sie.
"Good girl. It's all right", wiederholte er immer wieder.
Grace war mit einem Satz bei Alina und strich ihr über den Kopf. "Are you okay?", fragte sie.
Alina bildete sich ein, eine gewisse Schadenfreude in ihrem Gesicht zu sehen.
Langsam richtete Alina sich auf. Ihr Kopf tat höllisch weh und alles schien sich um sie zu drehen.
"I don't know. Maybe. My head really hurts. I think I've got a **bump** where I hit it", meinte sie.
"Okay. If that's all", meinte Joshua, der mit Sciani am Halfter zu ihr gekommen war. "Every good rider has to go through that."
Alina sah, wie er wieder einen Blick mit Grace wechselte. Das kam ihr allmählich irgendwie seltsam vor. Plötzlich kam ihr ein schrecklicher Verdacht.
"Did you do this **on purpose**, Joshua?", fragte sie.
"What do you mean?"
"I mean, did you touch Sciani with the whip on purpose, to make her **dash away**?", wiederholte Alina und richtete sich langsam auf.
"Are you nuts?", regte sich Joshua auf. "Do you think I wanted you to get hurt? I wanted Sciani to trot, that's all. I didn't know she'd go crazy."
"You have to mount her again, Alina", mischte sich Grace ein. "If you don't, she'll think she can **get away with it**, and she'll try it again and again."

bump Beule
on purpose absichtlich
to dash away davonrennen
to get away with it ungestraft davonkommen

"You're right", murmelte Alina. "You always have to get straight back on the horse."
Mühsam rappelte sie sich auf. Sie zitterte am ganzen Körper. Unter anderen Umständen hätte sie sich sofort ins Bett gelegt.
Joshua hatte Sciani wieder neben sich stehen und sah Alina kurz an.
"Are you ready?", fragte er.
Seine Stimme klang nicht besonders mitleidig.
Langsam ging Alina auf Sciani zu. Eigentlich fühlte sie sich überhaupt nicht in der Lage, noch eine Runde zu reiten, schon gar nicht, wenn Joshua das Pferd führte.
"But this time you'll be really careful, right?", vergewisserte sie sich noch einmal. "Make Sciani walk for just one lap. After that it's enough, okay?"
"Yes, don't panic. God, if you're this much of a **coward** you'd be better off on a rocking horse", meinte Joshua und grinste. Dabei warf er Grace wieder so einen Blick zu. Zwinkerte er dabei etwa auch noch?

coward Feigling

Ganz vorsichtig zog sich Alina hoch in den Sattel. Diesmal würde sie auf der Hut bleiben.
"Can we start?", wollte Joshua wissen.
"But just one lap, at walking pace, okay?", stellte Alina fest.
Joshua antwortete nicht, was Alina wiederum sehr verdächtig vorkam.
"*Walk*!", sagte er laut und ließ die Longe länger. Wieder ging Sciani langsam los.
"It's going well", meinte Grace. Dabei hatte ihre Stimme zweifellos einen hämischen Unterton.

"Try to trot again, Alina. Maybe Sciani just didn't understand the first time", sagte Grace leichtfertig.
Alina hatte es geahnt. Und noch bevor sie "No, I don't want to" sagen konnte, lief die Stute erneut los. Wie eine Verrückte rannte sie im Kreis.

sitting trot Trab aussitzen
Enjoy yourselves! Viel Spaß!

Joshua behielt die Longe fest in der Hand. Er stemmte sich gegen sie und drehte sich mit dem Pferd im Kreis.
"Whoa, that's a crazy speed!", sagte er. "Keep cool, Alina. Calm **sitting trot**. Don't press with your legs."
Alina setzte sich tief in den Sattel und krallte sich an der Mähne fest. Mithilfe ihres Gewichtes gelang es ihr, Sciani zum Halten zu bewegen. Die Stute wurde langsamer und blieb stehen.
Joshua und Grace wechselten erneut einen eindeutigen Blick. Das reichte! Alina sprang aus dem Sattel. Sie schäumte vor Wut. Ganz offensichtlich hatten Grace und Joshua ein gefährliches Spiel mit ihr gespielt.
"That's enough!", rief sie. "I hope you enjoyed the show. You won't need to watch reality TV today – you've already had enough of it here in the arena."
Alina zog ihre Handschuhe aus und warf sie Grace direkt ins Gesicht. "Now you can take the lunge and your darling Josh can ride the horse. **Enjoy yourselves!**"
Und sie rannte davon.
Auf dem Weg in Megans Zimmer kamen ihr die Tränen. Was hatte sie getan, dass Joshua *so* gemein zu ihr war? Warum spielte er sich immer so auf, wenn Grace dabei war?
Alina war froh, jetzt allein zu sein. Sie wollte sich in

Ruhe auf ihr Bett legen, ein bisschen nachdenken und vielleicht eine Runde heulen. Das würde ihr bestimmt guttun.
Als Alina die Zimmertür öffnete, fuhren Megan und Lewis auseinander. Sie hatten aneinandergeschmiegt auf Megans Sofa gesessen.
"Alina! God, you scared me!", rief Megan. "I thought it might be Dad."
"Sorry, Megan. I **did**n't **mean to** interrupt. I thought you'd gone for a ride."
Alina wäre am liebsten im Boden versunken.
Schnell wollte sie wieder verschwinden, doch Megan war schon an ihrer Seite.

to mean to do sth
etw tun wollen
white as a sheet
kreidebleich

"Has something happened?", rief sie. "You're **white as a sheet**. And your lip's bleeding."
"Oh, it's nothing", versuchte Alina herunterzuspielen, was passiert war. "I'll tell you later, okay?"
Und sie beeilte sich, die Tür hinter sich zu schließen. Schnell lief sie die Treppe hinunter, rannte über den Hof und versteckte sich in der Sattelkammer.
Endlich allein! Gott sei Dank. Alina ließ ihren Tränen freien Lauf.
Plötzlich stand Katie vor ihr.
"Alina?", fragte sie erschrocken. "Why are you crying?"
Alina versuchte, ihre Tränen mit dem Ärmel ihres Sweatshirts abzuwischen.
"It's nothing", sagte sie. "I fell off the horse, that's all. I don't know why I'm crying. I think it's just the shock."
"It was Joshua, wasn't it?", stellte Katie fest.

Sie war erstaunlich sensibel, das war Alina schon häufiger aufgefallen. Alina zuckte die Achseln.

"He just doesn't like me", sagte sie. "I don't know why. I've never done anything to hurt him."

"And how did he hurt you?", erkundigte sich Katie.

"He wanted me to ride Sciani while he was lungeing her", berichtete Alina und fing wieder an zu schluchzen. "But then he touched her with the whip to make her dash away, and I went flying." Sie befühlte ihre Beule. "I hit my my head when I landed. It hurts a lot."

Katie besah sich Alinas Stirn.

"It's quite **swollen**", sagte sie mitleidig. "Wait. I'll get a **cool pack** for you. We have a fridge with **first aid** stuff."

Sie rannte los und kam mit einem Kühlkissen wieder. Alina drückte ihn gegen ihre Stirn.

Katie schaute sie traurig an.

"Honestly, I don't think Joshua did it on purpose", sagte sie. "He's often a bit **clumsy**, that's all. He's probably sorry now."

Alina schüttelte den Kopf. "I'd love to believe that", sagte sie. "But I saw him **wink at** Grace as I was lying there. Believe me, Katie, those two were having fun. They're probably sitting next to each other on the fence now and **laughing their heads off**."

Das mochte sich Katie nun doch nicht vorstellen. "I can't imagine that", meinte sie. "You know, I think Joshua actually likes you a lot. He just doesn't know how to show it."

swollen geschwollen
cool pack Kühlkissen
first aid Erste Hilfe
clumsy unbeholfen
to wink at sb jdm zuzwinkern
to laugh one's head off sich kaputtlachen

"Then he must be a very good actor." Alina versuchte zu lächeln. "Listen, Katie", sagte sie. "Promise me that you won't tell anyone, okay? Especially not that I cried. Okay? Please!"
"Promise!", meinte Katie.

A Horse Is Missing

"Alina? Megan?" Katie steckte ihren Kopf in Megans Zimmer. "Would you come in to the living room?"

"**What's up?**", wollte Megan wissen. Sie hatte Alina gerade in aller Ausführlichkeit über das Treffen mit Lewis erzählt. Sicher schon zum hundertvierundzwanzigsten Mal.

"It's about the **foal presentation** in Benllech Bay", berichtete Katie. "Dad wants to discuss which foals we should show, and decide who will be doing what."

"I'm **on my way**!", rief Alina begeistert.

"Showing the foals! That's almost as good as a date with Lewis!" Megan lachte.

Als Alina mit Megan im Wohnzimmer ankam, saßen Mr und Mrs Fitzgerald, Tante Chloe, Grace, Joshua und Katie schon um den großen ovalen Esstisch. Megan und Alina setzten sich auf die beiden freien Stühle.

Mr Fitzgerald faltete einen Brief auseinander.

"This is the **registration form**", sagte er. "I'm going to **enter** Speedy, Magic and Milky, and I'm allowed to present one more foal. What about Dancing Queen?"

"Yes, you can take her with you", rief Megan begeis-

What's up? Was ist los?
foal presentation Fohlenpräsentation
on one's way unterwegs
registration form Anmeldeformular
to enter eintragen

tert. “She already lets you put a **halter** on, and you can lead her.”

“Will she go without her mum Dakota?”, wollte Mr Fitzgerald wissen.

Die Fohlen machten meist keinen Schritt, ohne ihre Mutter in der Nähe zu wissen.

Megan zuckte die Achseln. “Hmm. Not really.”

“Then let Dakota go first. Dancing Queen will walk after her”, mischte sich Grace ein.

halter Halfter
mare Stute
judge Preisrichter(in)
positioned aufgestellt
to judge beurteilen
hind leg Hinterbein

Mr Fitzgerald wiegte den Kopf hin und her.

“They don’t like that”, meinte er. “A foal gets more points if it walks on its own through the arena, without its mum.”

Megan und Grace sahen einander nachdenklich an.

“I don’t think she can do that”, sagte Megan. “I mean, she’s still very young.”

Mr Fitzgerald überlegte. “Well, let’s take her with us anyway. But that means we’ll need two people, one to show the foal, and the other to walk ahead with the **mare**. Megan, you’ll look after Dancing Queen, and Grace, you’ll take Dakota. Can you manage that?”

“Of course”, lächelte Grace. “We’ve done that a couple of times, haven’t we, Megan? You walk past the **judges** from right to left, and then you turn.”

“Then you let the horses start at a trot, after that you stop, then start at a trot again”, erinnerte Megan sie.

Mr Fitzgerald nickte. “You’re always **positioned** so that the judges can watch the horse from all sides. First they want to **judge** the **hind leg**, that’s why you

pass them showing them the horse's right side. Then after that they judge its **paces** from the left side."
Alina lehnte sich auf ihrem Stuhl zurück und sah sich im Kreis um. Wie gerne sie hier war. Bei den Fitzgeralds wurden immer alle ins Gespräch mit einbezogen. Jede Meinung war wichtig, jede Idee wurde gleichwertig behandelt.
"This will be exciting", rief sie begeistert. "I've never watched foals being presented before."
Mr Fitzgerald sah sie ein bisschen überrascht an.
"Oh Alina, I'm sorry", sagte er schließlich. "I **have**n't **included** you, have I? I thought Grace and Megan should present the foals – they've done it a couple of times already, and it's important that it's done well."
"I see, yes. No problem", winkte Alina ab. "I can imagine that it's not that easy."
"Last year Joshua did it with us", berichtete Tante Chloe lachend. "He just ran behind the foals getting **out of breath**."
"Which probably cost us at least one point." Mr Fitzgerald grinste.
"Oh, for God's sake! I just wasn't having a good day, okay?", regte sich Joshua auf.
"Or you're just completely **unfit**", spottete Megan.
Alina bekam richtig Mitleid mit ihm. "Don't **tease** Josh", sagte sie versöhnlich. "I'm hopeless at **running**. When we had to do a one kilometre **run** at school this summer, the judges had already put their **stopwatches** back in their pockets by the time I

pace Schritt
to include mit einbeziehen
out of breath außer Puste
unfit nicht in Form
to tease ärgern
running Laufen
run Lauf
stopwatch Stoppuhr

reached the **finish line**. They didn't think anyone else was coming."

"Oh no!", rief Katie entsetzt. "Did you have to run again?"

"No, no." Alina schüttelte lächelnd den Kopf. "I wouldn't have managed it. They **estimated** a time. I think it was fifteen minutes."

"Oh no", lachte Tante Chloe. "That means we really will have to **do without** you, Alina. Is that all right with you?"

"Fine", meinte Alina. "Shall Joshua and I look after the horses that are left here?"

"That would be kind", nickte Mr Fitzgerald. "Katie will help you, too, won't you, Katie?"

finish line Ziellinie
to estimate schätzen
to do without sb auf jdn verzichten
competitor Konkurrent(in)
leather ledern
a matter of opinion Ansichtssache

Katie schmollte. "Couldn't you at least bring back something nice for me? A foal, maybe."

"From one of our **competitors**, hm?" Mrs Fitzgerald grinste. "A foal from Mr Brighton's farm?"

"Actually, what I'd really like is a new halter for William III", erwiderte Katie. "There's that little **leather** one. It looks so pretty."

"That's **a matter of opinion**", sagte Mr Fitzgerald und nickte. "All right. I'm counting on you all. You three will be on stable duty and will look after the horses left at the farm. The rest of us will leave for Benllech Bay at about seven o'clock."

"Okay", sagten Megan und Alina.

Joshua erwiderte nichts.

I hope the three of us will be okay, dachte Alina und

malte sich kurz aus, wie Katie, Joshua und sie gemeinsam den Stall ausfegten ...

Der nächste Tag begann hektisch. Alle standen schon im Morgengrauen auf, Autos wurden auf den Hof gefahren, Hänger dahintergehängt.

trailer Anhänger

"In one **trailer** we have space for three mares and three foals", erklärte Megan Alina. "Mum is taking the small trailer as well. We have room in there for one mare and her foal."
"The foals go in the trailer?", wollte Alina wissen. Das konnte sie sich gar nicht vorstellen.
"If their mothers do, they usually do the same", bestätigte Megan.
"I've already trained Magic to go in the trailer", erzählte Joshua nicht ohne Stolz. "I put him and his mother into it and drove once around the farmyard. They liked it."
"Don't let Dad hear you say that!", rief Megan entsetzt. "Driving a car with a trailer? You're crazy."
"It was only on the farm", meinte er abwiegelnd.
Joshuas vielleicht etwas leichtsinnige Vorbereitungen erwiesen sich trotz aller Kritik als gute Hilfe: Magic und ihre Mutter Mayflower stiegen ohne große Panik auf den Hänger. Begeistert machte sich das Fohlen über die Möhren her, die Alina vorsorglich im Hänger verteilt hatte.
"Well done, Joshua", lobte sie. "It was good that they were prepared. Magic wasn't afraid at all."
Jetzt wurden noch Halfter und Decken geholt, außerdem jede Menge Putzzeug, Heu und Möhren.

Als sich die Fahrzeuge mit den Hängern endlich vom Hof bewegten, atmete Joshua laut auf. "**They've gone**. Thank God for that. **Did** they really not **leave** a foal **behind**? Or a mare? Or the carrots?"

"If a mare was missing, they'd soon notice", Alina lachte. "The foal would cry so loudly they'd have to come straight back."

Aber die Fitzgeralds schienen nichts vergessen zu haben. Alina und Katie winkten den Fahrzeugen nach, bis sie um die Wegbiegung verschwunden waren.

"So, now what?", wollte Katie wissen. "How do we divide up the work?"

"I'll have a cup of tea first. You can start right away", sagte Joshua schnell.

Als ob Alina es geahnt hätte. Das fing ja gut an.

"I don't like the way you divide up your time", erwiderte sie verärgert. "I'll clean the stables next to the indoor arena. Would you like to do the stables behind the pasture, Katie?"

Katie nickte. "All right. Then Josh can **clear** the pasture of **horse droppings**. Okay, Josh?"

"All of the pasture? Are you mad?", brauste Joshua auf. "I'd need at least three hours for that."

"**It depends on** how slowly you work", meinte Alina. "Of course, if you have to keep running to the toilet after having seven cups of tea, it probably will. But if you don't think that's fair, why don't we swap – you can clean the stables instead, if you prefer."

They've gone.
Sie sind weg.

to leave behind
zurücklassen

to clear
freiräumen

horse dropping
Pferdeapfel

it depends on
es hängt davon ab

"Oh, all right, I'll do the pasture." Joshua gab sich geschlagen. "**Whatever**. We always do what you want, anyway."
Er drehte sich um und verschwand im Haus. Alina warf Katie einen Blick zu. Die zuckte nur die Achseln.
"You know Josh", sagte sie. "He likes to grumble about everything."

whatever wie auch immer
paddock Koppel

"Come on. Let's put the horses into the **paddock** first", schlug Alina vor.
Gemeinsam mit Katie zogen sie weiße Bänder quer über den Hof, damit die Pferde nicht weglaufen konnten. Dann ließen sie die Pferde auf die große Koppel laufen.
Die Pferde waren aufgeregt und freuten sich offenbar, einander nach der Nacht wiederzusehen. Aber sie schienen auch zu bemerken, dass einige Pferde nicht da waren.
"Look at that! Nebo's excited because Magic and Mayflower are missing", meinte Katie.
Und tatsächlich rannte Nebo hektisch am Tor auf und ab und wieherte laut und unglücklich.
"Poor him!" Alina seufzte. "Do you think he knows that his mare won't be back until this evening?"
"Well, when Josh has cleared the pasture we can let the horses onto it", schlug Katie vor. "They'll be happier out there."
"We'll do the work first, right?", meinte Alina. "Then we might have some time left for a ride afterwards."
Katie nickte.
Sie schnappten sich jede eine Karre, Mistgabel und Besen und verschwanden in den Ställen.

Die Arbeit war schnell getan.
Als Alina aus dem Stall kam, begegnete ihr Katie.
"I've just finished, too", sagte sie strahlend.
"What about Josh?"
"I haven't seen him", sagte Katie. "Do you think he might have finished already?"
"I can't imagine he has", meinte Alina.
Gemeinsam gingen sie zu den Wiesen hinüber. Die Pferdeäpfel lagen immer noch da.
"He hasn't even started yet!", ärgerte sich Alina. "He'd better not think we're going to do his work for him."
"Lazy boy!", schimpfte Katie. "I'm going to talk to him."
Sie ging wütend zum Haus hinüber.
Alina blieb eine Weile bei den Pferden stehen und sah ihnen zu.
Nebo war immer noch supernervös. Und seine Unruhe wirkte ansteckend auf die anderen Pferde. Es wurde Zeit, dass sie auf die Wiese kamen.
Dieser oberfaule Joshua. Er hatte es wirklich darauf angelegt, dass Alina und Katie für ihn mit arbeiteten. Aber es war nicht zu ändern. Das Wohl der Pferde ging vor.
Alina schnappte sich die Karre und eine Schaufel und sammelte wütend einen Pferdeapfel nach dem anderen von der Wiese.
Plötzlich blieb sie stehen und sah zum Paddock hinüber. Irgendetwas war anders als vorhin. Genau – das war es – ein Pferd fehlte. Und zwar ein Pferd, das *nicht* bei der Fohlenschau war.
Alina versuchte sich zu konzentrieren.

Da war Katie auch schon neben ihr.
"Joshua isn't there", berichtete sie. "I've looked for him everywhere. In the living room, in his room, in the bathroom – I can't find him. Do you think he might have gone for a ride?"
"Sciani!", rief Alina erschrocken. "Now I know which horse is missing." Sie drehte sich zu Katie. "He wouldn't have gone for a ride on Sciani, would he?"
Katies Augen wurden ganz groß vor Schreck.
"He wouldn't!", rief sie entsetzt. "That would be really stupid. He can't even ride her **properly** in the paddock."

properly richtig
today of all days ausgerechnet heute

"Maybe he's at the indoor arena", überlegte Alina weiter. "But I think I would have heard him when I was cleaning the stables."
"Let's check", rief Katie.
Sie rannten zur Reithalle hinüber. Aber da war Joshua auch nicht. Danach schauten die beiden in die Sattelkammer.
"There, look, Alina. Sciani's saddle has gone." Katie war außer sich. "How can he be so stupid!", rief sie. "What if something happens to him? **Today of all days**, when we're on our own!"
"Calm down, Katie", versuchte Alina, Megans kleine Schwester zu trösten. "Joshua is a good rider. Maybe he'll be fine."
"Maybe he just took her for a walk", überlegte Katie.
"Whatever", meinte Alina verärgert. "He's still left us to do all the work. We have to clear the pasture now – Nebo needs to get out of this paddock."

"I hate older brothers!", rief Katie wütend. "I should sell him on Ebay."

"I'm afraid you won't get much money for him." Alina lachte. "You can't **advertise** him as a good **worker**, that's **for sure**."

to advertise sb jdn anbieten
worker Arbeiter(in)
for sure sicher

Seufzend machten sich Katie und Alina wieder an die Arbeit und äppelten weiter die Wiese ab. Immer mal sahen sie auf die Uhr. Doch Joshua blieb verschwunden.

Als die beiden die Pferde auf die Wiese gebracht hatten, hielt Alina es nicht mehr aus.

"Joshua's been gone for two and a half hours now", meinte sie. "There's no way his ride would take that long."

"Do you think something's happened to him?", fragte Katie leise.

Alina zog ihr Handy aus der Tasche.

"I'm going to call him!", sagte sie.

Sie wählte Joshuas Nummer, aber es meldete sich nur die Mailbox.

"So either he hasn't got it with him ...", überlegte Alina langsam.

"But he always takes it with him", unterbrach sie Katie.

"... or he doesn't want to answer the call", fuhr Alina fort.

Das, was sie wirklich dachte, sprach sie nicht aus.

Katie schluckte. "I think something's happened to him. Maybe he's lying somewhere and Sciani's just galloping around."

"Now, don't panic", versuchte Alina, ihre eigene Sorge

zu überspielen. "If that were the case, he'd definitely call us and ask for help."

unconscious bewusstlos
way Richtung
to give sb a ring jdn anrufen

"But what if he can't? What if he's lying **unconscious** somewhere? Or ..." Sie redete nicht weiter.
Alina nickte. "I think I'm going to go and look for him. Which **way** do you think he would have gone?"
"Probably along the coast. That's where he usually rides", sagte Katie.
"Come on. Help me saddle Nebo", meinte Alina. "I'll go and look for him. Do you have your mobile with you?"
Katie nickte.
"I'll call you, okay? And if Joshua calls you, or if he turns up, you **give** me **a ring**. Okay?"
"Yes, I promise", versprach Katie.
In aller Eile sattelten die beiden gemeinsam Nebo.
"Promise me you'll ride carefully", sagte Katie noch. "One accident is enough. Nebo's so nervous today."
"I promise", sagte Alina. "Look after the farm. And don't tell the others when they come back."
Katie nickte. Die beiden winkten einander zu und Alina ritt davon in Richtung Küstenpfad.

Someone in the Grass

Nebo war unruhig, als Alina mit ihm vom Hof ritt. Auf dem Weg zur Küste wurde er allmählich ruhiger. Mit schnellen Schritten bewegte er sich auf den schmalen Weg zu, der an der Küste entlangführte. Er schnaubte immer wieder und entspannte sich zusehends.
Alina trabte nun an. Nebo war wirklich ein Verlasspferd. Er trabte vorsichtig und langsam über den steinigen schmalen Pfad. Alina gab die Zügel nach und ließ ihn sein eigenes Tempo finden.
Wenn sie nicht so besorgt wegen Joshua wäre, könnte dieser Ausritt eigentlich wunderschön sein. Joshua schaffte es eben immer, Stress zu verbreiten.
Alina nahm sich fest vor, ihm gehörig die Meinung zu sagen, wenn sie ihn fand. Wenn …
Vielleicht lag er wirklich verletzt irgendwo am Weg. Diesen Gedanken mochte Alina gar nicht zu nahe an sich herankommen lassen. Sie musste sich jetzt ganz auf das Reiten konzentrieren, sonst passierte ihr auch noch etwas.
Der Küstenpfad endete an einer Wegbiegung. Nun gab es einen schmaleren Weg entlang der Küste, ein anderer führte über Wiesen und Sanddornhecken, bis zu einem kleinen Kiefernwäldchen.
Alina parierte Nebo durch und überlegte, welchen Weg Joshua genommen haben könnte.

Sie zog ihr Handy aus der Tasche und rief Katie an.
"Alina?", rief Katie sofort ins Handy. "Have you found him?"
"I'm afraid not. So I guess he hasn't come back either?", seufzte Alina.
"No, he hasn't", sagte Katie. Ihre Stimme klang sehr niedergeschlagen.
"Listen, Katie. I'm at this **crossroads** on the **coastal path**. Do you know the one I mean?"
"Of course. The crossroads where one path leads to the coast and the other through the **pine forest**. Is that right?"
"Exactly. Do you know which one Joshua would take?" fragte Alina.

crossroads Kreuzung
coastal path Küstenpfad
pine forest Kiefernwald

Katie antwortete wie aus der Pistole geschossen: "Josh usually turns right into the pine forest. Aunt Chloe's little farm is on the other side of it. I think he's probably ..."
Alina konnte sich nicht mehr auf Katies Worte konzentrieren. Denn jetzt entdeckte sie etwas hinter einem Sanddornbusch. Etwas Schwarzes. Eine Jacke? Oder bloß ein Tuch? Oder ...
Alina wagte kaum zu atmen.
"Katie? I'm going to ride on, okay? There's something lying beside the path", sagte sie hastig.
Katie schrie erschrocken auf. "Something? Or someone?", rief sie. "Is it Josh? Have you found Josh? Is he hurt?"
Alinas Herz klopfte nun so laut, dass sie Mühe hatte, Katie zu verstehen.

"I'll take a look and **call** you **back** in a minute, okay?", sagte sie und drückte das Gespräch weg. Sie steckte das Handy in die Tasche und trieb Nebo wieder zum Gehen an in Richtung Busch.

to call back
zurückrufen

Alina hatte schreckliche Angst vor dem, was sie dahinter erwartete. Denn je näher sie diesem schwarzen Stofffetzen kam, umso deutlicher sah sie, dass es wirklich eine Jacke war. Und dass diese Jacke auch Beine hatte. Und dass ein Kopf in ihr steckte.
Himmel! Es war tatsächlich Joshua, der da zusammengekrümmt zwischen zwei Sanddornbüschen lag. Arme und Beine waren seltsam angewinkelt. Das Schlimmste aber war, dass seine Augen geschlossen blieben und er sich überhaupt nicht bewegte. Auch nicht, als Alina schon ganz nah war.
"Joshua!", rief sie ängstlich. "Joshua? What's the matter with you?"
Sie parierte Nebo erneut durch. Dann sprang sie aus dem Sattel und nahm die Zügel in die Hand.
"Joshua, for heaven's sake, say something!"
Sie beugte sich über ihn und fasste ihn an die Schulter.
"Are you okay?"
Joshua rührte sich nicht. Eine feine Blutspur lief ihm durch das Gesicht. Er war tatsächlich ohne Helm losgeritten.
Alina war wie gelähmt. Was sollte sie jetzt bloß machen?
Ihr Handy klingelte. Katie!
"Is it him?", rief sie. "Did you find him?"

"Yes, I'm here beside him", gab Alina zurück.
Sie hörte sich selbst beim Sprechen zu. Es war, als wenn jemand anderes sprechen würde. Ihre Stimme klang so fremd und unendlich weit entfernt.
"What's the matter with him?", schrie Katie ins Telefon.
"I don't know", antwortete Alina. "He's lying here and he's not moving at all."
"Is he alive?" Katies Stimme klang so schrill, dass es Alina in den Ohren wehtat.
"I don't know", gab sie zurück.
Verdammt! Warum musste ausgerechnet heute so etwas passieren? Ausgerechnet ihr! Sie war doch keine Sanitäterin. Einmal hatte sie in der Schule einen Erste-Hilfe-Kurs mitgemacht, doch das war Jahre her und sie hatten alle Wiederbelebungsversuche an einer Puppe ausprobiert, nicht an einem Menschen.
"Why not? **Is** he **breathing**? Listen to him!" Katie brüllte jetzt so laut, dass Alina keinen klaren Gedanken fassen konnte. "**Lay** him on his back. Listen to his heart. Shall I call an ambulance? Alina? Alina?"
Alina versuchte ganz ruhig zu atmen, um nicht in Panik zu geraten.

to breathe atmen
to lay legen
Damn it! Verdammt!

"Katie, I'm going to put the mobile down for a minute, okay?", sagte sie schließlich.
Dann beugte sie sich zu Joshua hinunter und fasste ihn erneut behutsam mit der einen Hand an die Schulter. Mit der anderen Hand hielt sie immer noch Nebo am Zügel.
"Joshua! Hello! Answer, **damn it!**"

Sie schaffte es, ihn vorsichtig auf den Rücken zu drehen. Sein Gesicht war schneeweiß. Die Augen blieben geschlossen.
"Oh my God. Joshua! Say something! Please!"
Alina rüttelte ihn.
Stabile Seitenlage!, fiel ihr dann ein. Das hatten sie als Erstes in dem Kurs gelernt. Ein Verunglückter musste auf die Seite gelegt werden, damit er nicht erstickte. Aber wie um Himmels Willen ging diese stabile Seitenlage noch mal? Alina fühlte sich so klein und hilflos, dass sie am liebsten geweint hätte.
"Hmmm", machte Joshua plötzlich. Und dann schlug er die Augen auf, schloss sie aber gleich wieder.
"Joshua!", rief Alina. Vorsichtig schlug sie ihm links und rechts auf die Wangen. Das hatte sie mal in einem Film gesehen.
"Hmmm!", machte Joshua wieder, und nun fixierten seine Augen ihr Gesicht. Er versuchte sich aufzurichten.
"What's up?", fragte er und klang verstört.
"You're asking me?", fragte Alina zurück. "How should I know? You went for a ride. Now you're lying here on the grass and the horse has disappeared."
"Horse", stammelte Joshua.
Er fasste Alinas Arm und versuchte erneut sich aufzurichten.
"Alina!", tönte es jetzt aus dem Handy. "Alina, say something. Is he alive? Shall I call the ambulance?" Katies Stimme überschlug sich fast.
Joshua sah sich verwundert um.
"Who's that talking?", fragte er. "Katie?"

"She's on the phone", erklärte Alina, nahm das Handy aus dem Gras und hielt es sich ans Ohr. "Katie, everything's okay so far. Joshua's **awake**, he can see and talk. We'll try to think about how to **get home**, okay? I'll call you back in a minute. But calm down now, okay?"

awake wach
to get home nach Hause kommen
glad froh

"Okay." Katies Stimme klang wie ein Schluchzen. "I'm **glad** that everything's all right. Call me back."
"Bye." Alina steckte das Handy in ihre Tasche zurück.
Nebo wurde unruhig und Alina ließ die Zügel ins Gras sinken. Das Pferd nutze die Gelegenheit, ein bisschen Gras am Wegrand zu fressen. Das war zwar schwierig mit dem Gebiss des Zaumzeugs im Maul, aber Nebo schaffte es irgendwie.
Alina fasste Joshua am Arm.
"Try to get up, okay? Or have you broken anything?", fragte sie besorgt.
Joshua wirkte immer noch verwirrt. "Broken? No, I don't think so."
Er hielt sich an Alina fest und versuchte, auf die Beine zu kommen. Alina stützte ihn so gut sie konnte. Noch etwas wackelig stand er jetzt vor ihr.
"Can you move your arms and legs?", fragte Alina ihn.
Joshua streckte den linken Arm von sich. "Left one's working", sagte er. Er streckte den rechten Arm. "The right arm is fine, too."
Nacheinander schüttelte Joshua beide Beine.
"Left leg fine. Right one, too." Er grinste. "Are you interested in other parts of the body?"

Alina wurde sauer. “Don’t joke about it, Joshua!”, sagte sie. “Where’s Sciani?”
Joshuas Grinsen verschwand schlagartig. Verwirrt blickte er sich um. “Sciani?”, sagte er langsam. “You mean the horse?”
Alina war unheimlich zumute. Das war nicht der Joshua, den sie kannte. Hoffentlich hatte er keine inneren Kopfverletzungen.
“Joshua, are you sure you’re okay?”, fragte sie noch einmal.
Joshua nickte. Es sah so aus, als käme er langsam wieder zu sich.
“Yes, yes”, sagte er. “I’ve just got a terrible headache.”
“You probably hit your head when you fell”, vermutete Alina. “Why the hell weren’t you wearing a helmet? You may have concussion. You have to go to hospital so they can check.”
Joshua schüttelte den Kopf. “Let me think, Alina, okay? So, I went for a ride?”
“I think so”, erwiderte Alina.
“Then something happened, and then I was lying here and Sciani was gone, right?” Joshua biss sich auf die Unterlippe und versuchte sich zu konzentrieren.
Alina war unsicher, ob er sich nicht vielleicht doch nur über sie lustig machte.
Er setzte sich wieder ins Gras und stützte den Kopf in die Hände. Er sah immer noch kreidebleich aus und keineswegs zu Scherzen aufgelegt.
“Listen, Josh”, sagte Alina. “I’d better call the ambulance. You should see a doctor. I had a friend who fell and hit her head at school during break, and she didn’t

want to go to hospital either, but in the afternoon she fell into a **coma**. She was **in intensive care** for two days. You can't **take** concussion **lightly**. You need quiet and ..."

"Then be quiet now!", unterbrach sie Joshua genervt.

Alina biss sich auf die Zunge. Joshua grübelte weiter.

"We were riding along the coastal path", erinnerte er sich. "I remember that. It was all going quite well with Sciani. And then suddenly ..." Er kniff die Augen zusammen. "Suddenly something happened. I think it was ... That's it. It was a seagull. It flew past just above Sciani's head, screaming. And then suddenly she dashed away as if she'd gone mad." Joshua überlegte weiter. "I don't remember any more", sagte er schließlich.

"That's probably when you fell off and hit your head", ergänzte Alina.

"And Sciani kept on running without me." Joshua nickte. Dann weiteten sich seine Augen. Alina sah ihm an, dass ihm erst jetzt klar wurde, was das bedeutete.

Alina sprach aus, was sie offenbar beide fürchteten. "Let's hope she didn't get hurt. She could **get tangled up** in the reins. Or she might hurt herself with the saddle or the stirrups. Or she could have fallen off the cliff path."

Joshua versuchte gelassen zu wirken.

"Don't panic", meinte er. "Most horses run straight back to the stable."

coma Koma
in intensive care auf der Intensivstation
to take lightly auf die leichte Schulter nehmen
to get tangled up sich verheddern

Alina zuckte die Achseln. “If she’d done that, I would have passed her”, erwiderte sie.
Trotzdem rief sie noch einmal Katie an. “Katie, Sciani hasn’t come back, has she?”
“No, of course not. I would have called you”, meinte Katie.
“Please give me a ring if she turns up”, bat Alina sie. “We have to go and **search for** her. At least, if Joshua can manage. Otherwise I’ll ride on alone and look for her. You **hold the fort** at the farm, and call me if anything happens, okay?”
“Okay, I will”, sagte Katie. Sie schien sehr erleichtert zu sein, dass Joshua nicht mehr passiert war.
Alina wandte sich Joshua zu. “You’re white as a sheet. I think it’s better if you walk slowly home. I’ll ride **further on** this way and look for Sciani.”

to search for sth etw suchen
to hold the fort die Stellung halten
further on weiter
possible möglich
to manage okay gut zurechtkommen

Joshua tat, als habe er ihren Einwand nicht verstanden. Langsam stand er wieder auf. Dabei wirkte er müde und zittrig. Immer noch hatte er diesen leicht verwirrten Gesichtsausdruck. Er sah sich um.
“I think Sciani probably ran that way”, meinte er. “Maybe she went to Aunt Chloe’s farm. She still has two horses; Sciani may have smelled them.”
Alina nickte. “Yes, that’s **possible**. But how are we going to do that? We can’t both ride Nebo.”
“I suggest you go back to the farm”, schlug Joshua vor und hatte wieder sein weltmännisches Gesicht aufgesetzt. “I can **manage okay** on my own.”

"But you can't ..." Alina schüttelte den Kopf. "Your face is so white, Joshua. I'm really afraid that you might faint. We'd better start searching together."
Joshua zog eine Grimasse.

You've made your bed, now you have to lie in it. Was man sich eingebrockt hat, das muss man auch auslöffeln.
midday Mittag

"**I've made my bed, now I have to lie in it**", meinte er. "Don't worry. I'll be back at the farm at **midday** with two horses."
Seine Stimme klang brüchig.
Alina schüttelte den Kopf. Auf keinen Fall würde sie Joshua jetzt alleine lassen. Das war viel zu gefährlich.
"Joshua, whatever you say, I'm going to stay with you", entgegnete sie. "We'll try to find Sciani together, okay? We'll walk to Aunt Chloe's farm and search there ..."
Weiter kam sie nicht. Nebo hatte sich plötzlich aufgerichtet. Seine Ohren spielten und richteten sich nach vorne.
"Look at Nebo!", sagte Alina. "He can hear something."
Nebo warf den Kopf nach hinten und wieherte laut. Und nun hörten Alina und Joshua auch etwas. In der Ferne wieherte ein Pferd. Voller Angst.
"It's coming from the cliff", stellte Joshua fest.
Alina nickte. "And it sounds frightened", fügte sie hinzu.
Joshua blickte unruhig zur Küste hinüber.
"I think it's coming from over there", sagte er erschrocken und zeigte in die Richtung eines alten Wehrturmes, der sich an der Spitze der Landzunge befand.
"Let's go!", rief Alina. "What are we waiting for?"

Sie nahm Nebos Zügel und fasste sie fest.
"Off we go!", sagte sie.
Joshua nickte und setzte sich ebenfalls in Bewegung. Er humpelte etwas, bemühte sich aber, mit Alina Schritt zu halten. Alina spürte, dass ihm das Gehen wehtat.
"Are you okay, Josh?", fragte sie besorgt.
Joshua nickte.
"What are the cliffs like over there, near the tower?", fragte Alina weiter.
"**Pretty** steep", murmelte Joshua ahnungsvoll.

pretty ziemlich

Panic at the Cliff Edge

Je näher sie dem alten Wehrturm kamen, desto lauter wurde das Wiehern. Alina hielt es kaum noch aus. Es ging ihr einfach zu langsam mit Joshua.
"Listen, Josh, I'm going to ride **ahead**, okay?"
Joshua antwortete etwas, das sich ein bisschen wie "I don't care, just do it" oder auch "I'**ll make it** on my own" anhörte. Gleichgültig, was er sagte – Alina musste endlich wissen, was mit Sciani geschehen war.

edge Rand
ahead voraus
to make it es schaffen

Sie stellte Nebo neben sich und stieg in den Steigbügel. Dann zog sie sich am Sattel hoch, ordnete schnell die Zügel, überprüfte ihr Gewicht und trieb das Pferd an. Nebo verstand, dass Eile angesagt war und fiel sofort in einen schnellen Trab.
"Be careful, Alina!", rief Joshua hinter ihr her. "The path ends over there. After that there's just a cliff that drops straight down to the beach."
Alina hatte verstanden. Sie drehte sich kurz um, rief "Don't worry, I'll be careful!", und ritt so schnell sie konnte weiter. Die kleine Anhöhe zum Wehrturm hinauf trabte sie noch, dann nahm sie Nebo zurück, bis er in ruhigeren Schritt fiel, und lauschte.
Jetzt hörte sie wieder dieses Wiehern. Es hörte sich absolut kläglich an. Nebo war stehen geblieben und schien ebenfalls zu lauschen.

“Do you hear that too, Nebo?”, fragte Alina ihn und streichelte seinen Hals. “Where do you think she is?”
Nebo blickte sich unruhig um, ganz so, als habe er ihre Frage verstanden.
Wieder hörten sie das jammervolle Wiehern und Alina packte die Panik. Das Wiehern war direkt unter ihr! Das konnte nur bedeuten, dass ... Aber das durfte einfach nicht wahr sein!
“Stand still, Nebo”, sagte sie so ruhig wie möglich zu ihrem Pferd. Sie stieg aus dem Sattel, nahm die Zügel in die Hand und ging langsam zum Abhang hinüber.
“Careful, careful. Stay calm”, sagte sie, und sie wusste nicht genau, ob sie zu sich selbst oder zu Nebo redete. Sie hielt Nebo in einem kurzen Abstand von sich fort und schaute über den Abhang. Dann erstarrte sie.
Schleifspuren waren am Rande des Hanges zu sehen, führten dann über den Abhang hinaus. Mit angehaltenem Atem schaute Alina hinunter zu einem kleinen Vorsprung. Er war nicht größer als ein Parkplatz, allerdings mit Erde und spärlichem Gras bewachsen. Genau auf diesem Vorsprung stand Sciani. Die Stute war offenbar den Abhang hinuntergerutscht und auf ihren Beinen gelandet. Nun stand sie da, die Beine im Stand steif von sich gespreizt, die Hufe ängstlich in den Boden gebohrt. Scianis Ohren lagen an. Sie schnaubte laut und mit weit aufgeblähten Nüstern. Auch aus dieser Entfernung erkannte Alina die große Angst des Pferdes, sie bildete sich sogar ein, das Zittern der Hinterbeine sehen zu können.
Unter Sciani gähnte ein sandiger Abhang, der ziemlich steil zum Meer führte.

Alina wusste, dass sie handeln musste. Und zwar schnell. Zunächst einmal musste Nebo in Sicherheit gebracht werden. Alina nestelte in ihrer Jackentasche. Gott sei Dank, sie hatte wie immer ein Halfter und einen Strick mitgenommen. Hektisch drehte sie sich in alle Richtungen um – dort stand eine kleine Kiefer.
Schnell ging Alina auf Nebo zu, streichelte ihn kurz und streifte das Zaumzeug herunter. Dann legte sie ihm das Halfter um, führte ihn zu der kleinen Kiefer und band ihn an einen der dünnen Äste.
Nebo beugte sich zu dem Grasboden hinunter und begann zu knabbern.
Rasch kehrte Alina zum Abhang zurück. Sie legte sich auf den Boden und beugte sich vorsichtig zu dem Pferd hinunter. Sie bemühte sich, leise und ruhig zu sprechen. Und jede kleine Aufregung konnte jetzt dazu führen, dass sich Sciani erschrak und den Abhang hinunterfiel …
"Sciani", sagte sie ganz leise.
Sciani zuckte zusammen und schaute dann zu ihr herauf.
"Yes, you're a good girl", sagte Alina weiter. "You've done very well. You're standing there being so calm. That's great."
Alina kam sich vor wie eine Krankenschwester, die mit einem kleinen Kind redete. Dabei war ihr nur noch zum Heulen zumute. Erst jetzt sah sie, dass sich Sciani mit ihrem einen Bein in den Zügeln verfangen hatte. Sie liefen unter ihrem Bauch entlang und sorgten dafür, dass sie ihren Kopf nicht vollständig heben konnte. Der Sattel war zur Seite gerutscht. Die Steigbügel der

linken Seite hingen bis auf den Boden hinunter, die der rechten Seite schlugen gegen Scianis Bauch.

Wie um Himmels Willen sollten sie das Pferd von diesem schmalen Grasvorsprung wegbekommen? Die Fläche war gerade mal ein bisschen größer als eine Stallbox.

"Alina!", hörte sie nun Joshuas Stimme. "What is it? Did you find Sciani? Has anything happened to her?"

Alina drehte sich zu Joshua um. Er rannte so gut er konnte den Berg hinauf zu ihr. Sein Gesicht verzog sich schmerzhaft bei jedem Schritt.

"Joshua, it's horrible!", rief sie ihm entgegen. "Sciani **has slid** down the cliff. She's standing on a small grass **ledge**, but if she takes one step too far, she'll fall."

to slide (slid, slid) rutschen
ledge Felsvorsprung
footing Halt

"Oh no!" Joshua lief schneller.

Er ließ sich neben ihr nieder und beugte sich über den Abhang. Sein Gesicht schien noch blasser als vorhin. Selbst die Lippen waren jetzt ganz weiß.

"Oh my God!", keuchte er. "How did that happen?"

"She just kept running straight down the path, and then she lost her **footing**", versuchte Alina zu erklären.

"How incredibly lucky that she landed there. Unbelievable", stöhnte Joshua. "One step further and she would have fallen into the sea."

Einen Moment lang starrten sie beide auf die schäumende Gischt, die unermüdlich gegen das Ufer schlug.

"What can we do?", fragte Alina und fühlte sich vollkommen hilflos. "There's no way we can get her up

to haul up hochziehen
rescue mission Rettungseinsatz
fortune Vermögen
to deserve verdienen
First things first. Das Wichtigste zuerst.
to tie up anbinden
birch tree Birke
to run away weglaufen
to let out lassen
to graze grasen

again. We have to call the fire brigade. They'll have to **haul** her **up**."
Joshua sah vollkommen fertig aus.
"A **rescue mission** like that will cost a **fortune**", murmelte er leise. "Dad will kill me."
That's what you **deserve**, dachte Alina, aber sie sprach es nicht aus.
Nun machte sich Nebo bemerkbar. Er hatte sich von dem Ast losgerissen, an den Alina ihn gebunden hatte, kam dicht an den Abgrund und versuchte ebenfalls zu Sciani hinunterzuschauen.
"Watch out, Alina! We don't want Nebo to fall down the cliff, too", rief Joshua erschrocken. "Oh God! What do we do?"
Alina ging sofort zu Nebo und griff den Strick.
"**First things first.**" Alina versuchte die Situation zu überblicken. Dort auf der anderen Seite stand eine Birke, die dickere Äste zu haben schien. "First of all I have to **tie** Nebo **up** again. I'll tie him to the **birch tree**, it's bigger. Do you think that'll work?"
"We'll just have to try", meinte Joshua. "But he's a calm horse. I don't think he'll try to **run away**."
Er half Alina, Nebo an einem Birkenast festzubinden.
"I'll take off his saddle, okay?", schlug er vor, band den Bauchgurt los, zog vorsichtig den Sattel herunter und stellte ihn neben einen der Bäume.
"Okay. That's that. What do you think?", fragte Alina.
"This should work. **Let** the rope **out** far enough for him to put his head down and **graze**", meinte Joshua.

Wie gut, dass Nebo so ein bedächtiges Pferd war. Er machte überhaupt keine Anstalten, sich zu beschweren.

Sciani wieherte erneut, kläglich und unglücklich.

"She can't see us any more", meinte Joshua. "Now she thinks that we've gone and left her alone again."

Nebo hob den Kopf und wieherte ebenfalls.

"Oh God, now he's starting, too!", rief Alina. "Quick, Joshua, talk to Sciani. Otherwise she'll fall off the cliff because she's so excited."

Joshua beeilte sich, zum Abhang hinüberzugehen. Er beugte sich vorsichtig hinunter.

"Sciani, girl. Calm down. We're going to help you", sagte er so selbstsicher wie möglich.

"Only we do**n't** have **a clue** how to do it", murmelte Alina unglücklich.

Sie streichelte Nebo.

"All right, my boy. You can take a little break now. We're just going to climb down the cliff and carry a horse back up on our shoulders. It should only take a minute." Sie beugte sich vor und flüsterte ihm ins Ohr: "If you hear an **enormous** splash, though, it would be very nice if you could gallop back to the farm and get some help."

not a clue
keine Ahnung
enormous
gewaltig

Nebo achtete allerdings nicht auf sie, sondern fraß mit großem Appetit die saftigen Grashalme, die er gerade entdeckt hatte.

Vorsichtig entfernte sich Alina von ihm und hockte sich wieder neben Joshua. Gemeinsam blickten sie auf den Vorsprung. Bis jetzt hatte Sciani sich fast überhaupt nicht von der Stelle bewegt, hielt den Kopf merkwürdig

vorgestreckt und schnaubte.
"What now?", fragte Joshua unglücklich.
"Now we'll have to climb down to Sciani", schlug Alina vor. "Do you think we can make it?"
"Yes, I don't think that'll be a problem", erwiderte Joshua und bemühte sich um ein Lächeln. "We can slide down on our bottoms. But we'd better make sure we don't slide on over the edge of the cliff. I hope you're a good **swimmer**."
"Let's not think about it", meinte Alina.
Sie setzten sich an den Rand des Abgrundes und ließen sich vorsichtig nach unten gleiten, langsam, und mit den Füßen voraus. Der Boden war weich und sandig.
"This isn't too bad, is it?", meinte Joshua, der vorausrutschte.
"No, thank God", erwiderte Alina.
Sciani sah die beiden kommen. Immer wieder schüttelte sie sich und versuchte, den Sattel von ihrem Rücken zu werfen.
"Damn. She has to calm down", sagte Joshua. "When she shakes like that one of the stirrups hits her back and makes her **panic**."
"Calm down, Sciani, calm down. We'll be with you in a second", rief Alina.
Sie glitt weiter den Abhang hinunter. Wenn man achtgab, wohin man trat, war alles halb so schlimm. Es war nur der Blick in die Tiefe, der Alina Angst machte. Sie versuchte, nicht nach unten zu sehen und rutschte langsam weiter. Dabei hielt sie sich immer wieder an einem Grasbüschel oder ei-

swimmer
Schwimmer(in)
to panic
in Panik geraten

ner Pflanze fest. Plötzlich gab ein Stengel nach und Alina hielt die Pflanze mitsamt der Wurzel in der Hand. Ausgerechnet in diesem Moment befand sie sich an einer besonders steilen Stelle. So rutschte sie tiefer und tiefer.

"Alina!", brüllte Joshua. "Watch out! Hold on!"

Geistesgegenwärtig machte Joshua einen Satz nach links, sodass sie mit ihrem Bein auf seine Schulter traf.

"Okay. I've got you. Hold on to me!" Joshuas Arme umfassten ihren Körper.

"Oh my God. That almost went badly wrong", flüsterte Alina und starrte auf die peitschenden Wellen unter sich.

"Okay, Josh, there are some bushes here with stronger **roots**. I'll hold on to them", sagte sie und umklammerte ein paar Büsche. Etwas stach in ihre Hand. Sie versuchte, den Schmerz zu ignorieren.

root Wurzel

"Okay, I'm all right now", sagte sie mutig und blickte an Joshua vorbei, der sie besorgt ansah.

"On we go!", sagte sie.

Ihre Füße suchten Halt in dem sandigen Boden. Ein paar Steinchen flogen den Abhang hinunter und landeten neben Scianis Hufen. Die Stute wieherte aufgeregt.

"It's all right, Sciani. Don't make a fuss. We'll be with you very soon", versuchte Joshua sie zu beruhigen. "I'm there!", rief er Alina zu und richtete sich vorsichtig auf.

"Hello, Sciani, my beauty", sagte er. "It's good to see

you again." Und er streichelte die weiße Mähne der Stute. "She's **soaking wet**", bemerkte er.
"Yeah, so am I", gab Alina zurück, die nun auch auf dem Vorsprung angekommen war.
Ratlos sahen sich die beiden um.
"What do we do now?", fragte Alina.
"First of all we'll take off the saddle", meinte Joshua und löste den Sattelgurt. Vorsichtig hob er den Sattel von Scianis Rücken und stellte ihn an die Steilwand.
"Okay, now we have to get Sciani's **hoof** out of the reins", meinte Alina. "Hold her still, I'll try to do it."
Sciani zuckte zusammen, als Alina ihr Bein berührte, und schlug aus.
"Whoa, don't make such a fuss!", sagte Joshua mit strenger Stimme. "Alina's trying to help you. Stand still and be **grateful**."
Sciani reagierte auf seine tiefe strenge Stimme und hielt wirklich ab jetzt still. Alina fasste ihre Fessel und hob sie an, um die verknoteten Zügel zu lösen.
"This isn't easy. It's **wrapped round** twice", murmelte sie.
Sciani reagierte erleichtert auf die Befreiung. Sie hob den Kopf, streckte sich und schüttelte ihre Mähne.
"Whoa, Sciani, calm down", sagte Joshua erschrocken. Dann ließ er die Zügel so lang, dass Sciani ein paar Grasbüschel erreichen konnte, die auf dem Vorsprung wuchsen.
"That's it, good girl, **help yourself to** some grass", meinte er.

soaking wet triefend nass
hoof Huf
grateful dankbar
wrapped round herumgewickelt
to help oneself to sth sich bedienen und von etwas nehmen

An Alina gewandt fragte er: "What shall we do now? Do you think we can manage to get Sciani up the **slope**?"

Alina sah nach oben. Deutlich waren die Schleifspuren zu sehen, die Joshua und sie auf dem Sand hinterlassen hatten.

"I think that's impossible", sagte sie und ließ mutlos den Kopf hängen. "Really, Joshua, I think we'll have to call the fire brigade. **No matter** how much it's going to cost."

slope Hang
no matter egal
bit Stück
over vorbei
Right then. Also gut.

Joshua verzog unglücklich das Gesicht.

"Have a look and see what the slope is like over there, at the end of the ledge", meinte er dann. "It doesn't look quite as steep."

Alina ging ein paar Schritte den Vorsprung entlang und prüfte den Abhang mit scharfem Blick.

"You're right", stellte sie fest. "That **bit** is less steep. But the ledge is very narrow there. If Sciani starts to panic, it's all **over**."

Joshua nickte. "Then it's all over anyway", sagte er trocken. "If she falls into the sea, I'll jump in after her."

"And I'm supposed to rescue you two idiots from the sea, or what?", versuchte Alina zu scherzen. Die ganze Situation war so irrsinnig makaber.

Alina stellte sich neben Joshua und wartete, bis Sciani ihre Grasbüschel gefressen hatte.

"**Right then**", meinte sie und bemühte sich um eine feste Stimme. "Let's go for a walk."

Joshua nickte und biss sich auf die Lippen.

"Come on", sagte er zu seinem Pferd. "What are we waiting for?" Er klopfte Sciani gegen den Hals. "Listen,

my girl. **Right now** we all need some luck, and we're all going to have to be brave. That **includes** you. We're going to go up this little slope now. Are you ready?"
Sciani hatte ihre Ohren in seine Richtung gespitzt und wirkte sehr konzentriert.
"Then let's go!" Joshua zog kurz am Zügel und Sciani bewegte sich vorwärts. Alina blieb direkt hinter ihr.
Der Grasvorsprung verengte sich nun mehr und mehr. Alina bemühte sich nicht nach unten zu blicken, wo die Wellen gegen den steinigen Strand schlugen.
"It might work here, don't you think?", fragte Joshua und blickte nach oben. Der sandige Anhang verlief nicht ganz so steil wie der Hang, auf dem sie vorhin nach unten gerutscht waren.
"Well, it's **worth a try**", murmelte Alina.
"All right, my girl. Up we go", sagte sie.
Joshua begann, mit den Zügeln in der Hand den Hang hinaufzuklettern. Dann schnalzte er mit der Zunge.
"Come on!", lockte er.
Sciani blickte zu Joshua hoch, den Hang hinauf, und bohrte ihre Beine fest in den Boden. Alina tippte der Stute gegen die Flanke.
"Come on! We're frightened too, you know, but we have to go up there."
Sciani bewegte sich nicht. Im Gegenteil. Sie versuchte rückwärts zu gehen.
"Oh no, Sciani. Not **backwards**!", rief Joshua und zog die Zügel fester. "Come on, now. I can do it, and you've got four legs. That's much easier."

right now
jetzt im Moment
to include
einschließen
worth a try
einen Versuch wert
backwards
rückwärts

Immer noch bewegte sich Sciani nicht vom Fleck. Wie ein störrischer Esel stemmte sie ihre Vorderbeine in den Boden und wippte mit ihrem Hinterteil.
Alina brach einen kleinen Stock von einem Strauch ab.
"The only thing that's going to help now is a **switch**", sagte sie und tippte damit Sciani in die Seite. "Come on, Sciani! Move!"

switch Gerte
naughty ungezogen

Sie bewegte das Stöckchen so hinter Scianis Rücken, dass die Stute die Luftbewegung spüren konnte. Es war ihr anzusehen, dass ihr diese Bewegung Angst machte.
"Come with me!", versuchte Joshua sie zu überreden. "You're safe on the slope. Down there is nasty Alina with the switch!"
"And if nasty Alina catches that **naughty** Joshua, he'd better watch out", rief Alina und versuchte zu lachen. Es war schon seltsam, dass sie hier zwischen Himmel und Erde hingen und Scherze machten.
Sciani hatte tatsächlich Angst vor dem Stock. Sie setzte ein Bein auf den Abhang, dann das zweite, während Joshua an den Zügeln zog.
"Yes, good", lobte er die Stute. "Clever girl. That's it, you're doing really well."
Weiter und weiter kletterte Sciani. Bei jedem Schritt lobten Joshua und Alina die Stute überschwänglich. Das machte ihr Mut, und allmählich schien sie sogar Spaß an dem Kletterabenteuer zu haben. Drei Viertel des Abhangs hatten sie bereits hinter sich gebracht. Nun fehlte noch das letzte steile Stück.

Joshua stand der Schweiß auf der Stirn.
"Go a little more to the left!", riet Alina. "It looks better over there."
"**As long as** you don't look down", brummte Joshua.
Alina wusste, dass der Vorsprung, auf dem Sciani gelandet war, an dieser Stelle nicht mehr unter ihnen lag. An dieser Stelle ging es direkt hinunter ins Meer.
"Slowly, Josh. That's it – now keep going up", sagte sie.
Joshua hatte nun das Ende des Abhangs erreicht. Von seiner sicheren Position aus zog er vorsichtig die Zügel an, und bald hatte Sciani auch das letzte steile Stück geschafft.
"We've done it. She's **at the top**", rief er erleichtert. "Now we just have to get you up here, too."

as long as solange
at the top oben

Er reichte Alina die Hand. Sie nahm sie dankbar.
"Okay. Pull, Joshua", rief sie.
Er zog sie sicher hinauf. Oben angekommen, umarmten sie sich.
"We made it", rief Joshua immer wieder. "Oh my God, I never thought we would." Er drückte sie. "Thank you for everything", sagte er und seine Stimme hörte sich endlich einmal liebevoll an.
Alina war das fast ein wenig peinlich. Sie löste sich schnell, schaute dann erneut zu dem Abhang hinunter.
"Now one of us has to go back down and get the saddle", meinte sie mit einem Schaudern.

A Lesson for Joshua

Alina warf einen Blick auf Joshua. Er sah total müde und erschöpft aus.
"Josh? Are you sure you're okay?", fragte sie mitfühlend.
Joshua nickte und biss sich auf die Lippen.
"It's all right", murmelte er. "I'm glad we've got Sciani back. Getting the saddle is nothing compared to that, is it? Hold Sciani, I'll climb down again."
Alina schüttelte den Kopf.
"No way", meinte sie. "You have a rest first. You're still as white as a sheet."
"My head **aches**", sagte er leise. "Otherwise I think I'm fine."

to ache wehtun

"But you're not, are you?" Alina seufzte. "I'm going back down", sagte sie, und ehe Joshua noch etwas erwidern konnte, glitt sie erneut den steilen Abhang hinunter.
"Be careful!", rief ihr Joshua nach. "You shouldn't risk your life for a saddle."
"Nice of you to think of that now", gab Alina zurück.
Sie rutschte auf allen Vieren, die Füße voran, hielt sich wieder an den Büschen fest und achtete diesmal darauf, dass die Sträucher hielten. Es ging viel besser als sie befürchtet hatte.
"I'm down", rief sie zu Joshua hinauf, als sie den Vorsprung erreicht hatte.

Wie alle Sättel war auch Scianis Sattel enorm schwer. Alina fasste ihn am Sattelbaum, setzte ihn immer einen Meter vor sich und kroch hinterher. Der Schweiß lief ihr in die Augen. Sie war so wahnsinnig erschöpft, dass sie sich am liebsten einfach hier hingelegt und die Augen geschlossen hätte.
"Alina. **How are you doing?**", rief Joshua von oben, und Alina hörte die Angst in seiner Stimme. "I can't see you. Say something, please."
Trotz aller Aufregung und Erschöpfung musste sie grinsen.

How are you doing?
Wie läuft es?
to comment on
kommentieren
reassuring
beruhigend
to motivate
motivieren
skinflint
Geizhals

"Josh, I can't **comment on** every metre I climb", rief sie zurück. "If I don't say anything, I'm still climbing. If I fall, I'll scream very loudly, okay?"
"That's incredibly **reassuring**", rief Joshua zurück.
Eine Weile blieb es still bis auf das Kreischen der Möwen und das Schlagen der Wellen, die Alina noch einmal sehr bewusst wurden. Alina kroch Meter um Meter weiter nach oben, und der Sattel war inzwischen einen Zentner schwer.
"Would it help to **motivate** you if I promised to invite you for an ice cream when we get back?", rief Joshua zu ihr hinunter.
Alina kicherte. "An ice cream? You **skinflint**! A five-star menu is the least you can do. Plus you have to do stable duty for Megan and me for one whole week."
Jetzt lachte Joshua leise und wagte einen Blick über den Abhang.

"For a whole week? You won't be able to stand it", meinte er. "What will you do all that time? Sleep in?"
"I'll sit on the dung barrow and watch you clean the stables", rief Alina. "And then I'll take a picture of your **miserable** face."
"Girls are all sadists at heart", meinte Joshua und grinste. "You just pretend not to be."
Er lag jetzt auf dem Bauch und streckte Alina eine Hand entgegen.

miserable unglücklich
to see through sb jdn durchschauen

"Watch out. This is the dangerous part. Give me the saddle. Okay. I've got it."
Er zog den Sattel am Steigbügel über die Kante und ging wieder in die Knie.
"Now give me your hand."
"Make sure Sciani doesn't fall down the slope. I'm not doing this again!", seufzte Alina.
Sie ergriff Joshuas Hand und ließ sich nach oben ziehen. Dann standen sie beide nebeneinander.
"Be honest, Josh", sagte sie und klopfte sich grinsend den Staub aus der Kleidung. "You just did this so that I could have a real adventure while I'm here, didn't you?"
"Ah, you**'ve seen** right **through** me again", meinte Joshua und lachte.
Alina klopfte Sciani auf den Hals.
"Good girl, staying here so quietly!" sagte sie liebevoll.
Das Pferd hatte sich tatsächlich die ganze Zeit über nicht aus der Ruhe bringen lassen.
Alina ließ sich neben Nebo ins Gras fallen.

"I can't believe it." Sie seufzte. "I'm shaking all over. But everything's going to be all right. You're still alive, Sciani is safe – even the saddle is here."
Ihre Knie zitterten immer noch. Aber es war tatsächlich alles gut gegangen.
Nebo fraß immer noch gemütlich, Sciani stand ruhig neben ihm und schien ihr schlimmes Erlebnis auf dem Vorsprung schon vergessen zu haben. Die Ruhe, die die beiden Pferde ausstrahlten, passte überhaupt nicht zu der großen Angst, die sie noch vor wenigen Minuten gehabt hatten.
Alina sah zu Joshua hinüber. Sein schneeweißes Gesicht machte ihr große Sorgen. Was, wenn er doch eine Gehirnerschütterung hatte?
"What shall we do now?", fragte sie vorsichtig. "It's a long way to walk back to the farm. I'm guessing that you don't want to ride."
Joshua zog den Kopf zwischen die Schultern.
"No, I've had enough riding for today", gab er zu.
"It'll take us about two hours to walk. We're going to be really late. My parents are probably back already."
Alina blickte auf die Uhr ihres Handys. "Three missed calls", stellte sie fest. "Katie! Oh my God, I completely forgot about her. She must be worried to **death**. Come on, Josh, decide what you want to do so I can call Katie and tell her."

death Tod

Joshua überlegte. "Aunt Chloe lives half an hour from here. We could go there", schlug er vor. "Then we'll tell Mum and Dad that we went to see her. We can stay the night at her house and ride back tomorrow morning."

Alina nickte. “Sounds like a good plan”, meinte sie. “I'll tell Katie, okay?”
Und bevor Joshua noch etwas einwenden konnte, rief sie Katie an. “Hi, it's me. Katie, I'm so sorry, I forgot to call you. It was really difficult rescuing Sciani, but it's okay, we've got her now. What's happening at home?”
Alina lauschte, was die aufgeregte Katie ihr berichtete. “Your parents just came back from presenting the foals”, flüsterte sie Joshua zu. “Katie told them that we went for a ride.” Sie sprach wieder ins Handy. “Listen, Katie, we can't ride any further. The horses are completely **exhausted** and Joshua has a headache. We're going to go to Aunt Chloe's house. ... Do you know whether she's going home now, or is she staying with you? ... I see. That's good. We**'ll stay the night with** her, then. Can you tell your parents? ... Thanks, Katie, you're great! See you tomorrow.”
Alina drückte die Aus-Taste und sah Joshua an. “Aunt Chloe drove back to her house. Katie will tell your parents that we rode over to see her. She won't tell on us.”
“I'll believe that when I see it”, brummte Joshua.
Alina ärgerte sich. “The only one around here who **gets** other people **into trouble** is Joshua Fitzgerald”, sagte sie genervt.
Joshua entgegnete nichts, doch Alina sah Wut in seinen Augen aufblitzen.

exhausted erschöpft
to stay the night with sb bei jdm übernachten
to get sb into trouble jdn in Schwierigkeiten bringen

Schweigend traten sie den Weg zu Tante Chloes Haus an. Die Pferde schritten langsam und einvernehmlich neben ihnen her.

Als sie eine halbe Stunde später auf dem Hof ankamen, stürzte Tante Chloe ihnen schon entgegen.
"I hear horses coming to visit me – music to my ears!", rief sie begeistert. Dann hielt sie inne. Verwirrt sah sie von Alina zu Joshua, dann wieder zu Alina zurück. "**My goodness!** What do you look like? What happened?"
Alina warf Joshua einen kurzen Blick zu. Sahen sie wirklich so fertig aus? In der Tat, Joshua war immer noch extrem blass und seine Augen lagen in tiefen dunklen Höhlen. Auch sah es aus, als würde er leicht hinken. Sciani war staubig und ihr Sattel saß schief. Alles in allem sahen sie wahrscheinlich aus wie zwei Jugendliche, die ein strapaziöses Abenteuer hinter sich hatten.

My goodness! Meine Güte!
to limp hinken
filthy verdreckt

"What do you mean, what happened?", tat Joshua ganz harmlos. "Alina and I went for a little ride, and we thought we'd come and see you."
"Oh no", flüsterte Alina. Do you think Aunt Chloe is a complete idiot?, dachte sie bei sich und seufzte.
Joshuas Worte schienen auch Tante Chloe zu ärgern.
"Do you think I'm a fool?", fragte sie genervt. "It's perfectly obvious that you fell off your horse. You're white as a sheet, you**'re limping**, and your horse is **filthy**. So don't lie to me, Joshua!"
Wenn Tante Chloe Joshua sagte, wurde es ernst. Joshua warf Alina einen unglücklichen Blick zu.

Alina beschloss, für ihn zu lügen. But just this one time!, dachte sie dabei. Dann lächelte sie ein bisschen. "You're right, Aunt Chloe", sagte sie. "Joshua fell off the horse. But it wasn't his fault. Sciani was frightened by a seagull, and she **reared up**, and Josh ..."
"Was he not wearing a helmet again?", fragte Tante Chloe. Joshuas Leichtsinn machte sie wütend.
"I forgot it", beeilte sich Joshua zu sagen.
"Joshua, this is unbelievable. That horse is only just broken in. You decide to go for a ride on her, and you don't even wear a helmet?! I can't believe you're this irresponsible!" Tante Chloe konnte sich gar nicht beruhigen.
"We weren't that irresponsible." Alina schmückte ihre Lügengeschichte weiter aus. "We trained in the arena first, and she was fine." Sie musste schlucken, weil sie an die letzte üble Stunde mit Grace dachte. "Joshua and I thought it would be okay to take her for a ride. Of course only at a walk, and with a **reliable** horse like Nebo for company. I've got my helmet with me, of course, and ... well, Joshua likes to feel the wind in his hair."
"That's right", mischte sich Joshua ein. Er war offenbar froh über die gute Erklärung.
Tante Chloe wiegte den Kopf hin und her. "Did you fall on your head?", wollte sie wissen.
"A little bit", gab Joshua zu.
Alina verkniff sich das Grinsen. Sie hatte noch nie jemanden gesehen, der *a little bit* auf den Kopf gefallen war.

to rear up sich aufbäumen
reliable zuverlässig

"Aunt Chloe", sagte Alina. "Please don't tell Joshua's parents. They might be angry that we went for that ride."
"Could we stay with you tonight and ride home tomorrow?", bat Joshua seine Tante. "Then they won't notice that we ..."
"That you **look like death** and your horse is covered in **dust**? Is that what you wanted to say?" Tante Chloe war noch immer ganz entsetzt. "Really, Joshua, it's time you finally grew up. Wind in your hair! I mean, how stupid is that?" Sie musterte Joshua weiter aufmerksam. Er hatte den Kopf gesenkt und sah jetzt wirklich zerknirscht aus.

to look like death wie der Tod aussehen
dust Staub
to X-ray röntgen
over the top übertrieben

If Aunt Chloe knew what really happened, she'd have a lot more to say about it, dachte Alina.
Endlich lächelte Tante Chloe. "Okay, you two. I won't tell on you. But I'm going to take you to hospital, Josh, to have you **X-rayed**. Alina can put the horses out to pasture and make the beds while we're gone. All right?"
"Thanks, Aunt Chloe." Die Erleichterung in Joshuas Stimme war nicht zu überhören. "Isn't it a bit **over the top** to go to hospital? I actually feel ..."
"You always feel like Robert Redford, I know", fuhr ihm Tante Chloe ins Wort. "But I don't care – you're coming with me. Don't even think about arguing."
Und das wagte Joshua nun wirklich nicht mehr.

Alina kam sich ein bisschen einsam und verlassen vor, als sie in diesem fremden Haus zurückblieb. Tante

Chloe hatte ihr weiße Bettwäsche bereitgelegt. Alina bezog das Bett, das in dem kleinen Gästezimmer hinter dem Bad lag. Das zweite Gästezimmer war eigentlich ein dunkler kleiner Bodenraum, in dem nur ein Bett und eine alte Kommode standen. Hier konnte Joshua schlafen.

Nachdem Alina auch dieses Bett bezogen hatte, kehrte sie zu den Pferden auf die Wiese zurück. Sciani und Nebo grasten friedlich nebeneinander und schienen ihren Feierabend zu genießen.

Alina ließ sich auf eine alte Gartenbank fallen und sah den beiden zu. Wie schön ruhig und friedlich es hier war. Der Wind blies nur das Rauschen des Meeres zu ihr herüber.

Alina versuchte nicht daran zu denken, wie viel Angst sie noch vor wenigen Stunden vor dem Meer gehabt hatte.

Ihr Handy klingelte – Megan.

"Hi, Alina. What's going on?", fragte sie beunruhigt. "Katie said something happened with Joshua? I was really scared. Are you both okay?"

Alina seufzte. "I hope so. Aunt Chloe took him to hospital to have him X-rayed. He might have concussion. But don't tell your parents."

"No, don't worry. Although he really deserves it", regte sich Megan auf. "Katie told me that he just disappeared. Typical. He **makes a mess of things** and everyone else has to get him out of it."

> **to make a mess of things**
> Mist bauen

"It really *was* a mess!" Alina bekam schon wieder einen leichten Schweißausbruch. "Sciani fell down a

slope at the top of the cliff. She was standing on a tiny little ledge with just the sea below her. I'm probably going to have nightmares about it." Und dann erzählte sie ihrer Freundin in kurzen Stichworten, was vorgefallen war.
"Unbelievable!", stöhnte Megan. "How can he be so stupid? Do you understand now why I'd sometimes like to **wring** his **neck**?"
"Absolutely", meinte Alina. "Next time, I'll help you do it. But what happened at the foal presentation? Did you do well?"
"**Extremely** well. Speedy, Milky and Magic got a high **score**. Dancing Queen got fewer points, but she was so **cute** that the judges came to me afterwards and wanted to stroke her." Sie machte eine kleine Pause. "It's a pity you weren't there", sagte sie dann. "It was only half as much fun with Grace."
"What are you doing this evening?", wollte Alina wissen. Sie sehnte sich ein bisschen nach dem Hof der Fitzgeralds zurück. Jetzt eine Nacht lang mit ihrer Freundin zu reden, erschien ihr wesentlich reizvoller, als in Tante Chloes Haus auf Joshua zu warten.
"I'm meeting Lewis", berichtete Megan ein bisschen verlegen. "It's a pity you can't come with us."
"Oh, come on, Megan, that's ridiculous", sagte Alina und kicherte. "What would I do? Sit between you on the sofa and **play gooseberry**?"

to wring sb's neck jdm den Hals umdrehen
extremely äußerst
score Punktzahl
cute niedlich
to play gooseberry den Anstandswauwau spielen

Megan lachte ebenfalls. “Well, at least you can always think of something to say”, meinte sie.
“You don’t have to talk all the time”, gab Alina zurück.
Von draußen waren Motorgeräusche zu hören.
“I have to go now”, rief Alina schnell. “Aunt Chloe’s come back.” Sie schaute in die Hofeinfahrt. Der alte Ford fuhr durch das Tor, und neben Tante Chloe saß Joshua auf dem Beifahrersitz. “Joshua’s with her”, erklärte sie ihrer Freundin. “So I guess he must be okay.”

to surprise überraschen
tiring anstrengend
Bad luck. Pech gehabt.

“That doesn’t **surprise** me”, gab Megan zurück. “Joshua has a very thick head!”
Sie lachten beide. Dann legte Alina auf.

Joshua hatte keine Gehirnerschütterung – Gott sei Dank! Trotzdem hatten die Ärzte ihm geraten, sich eine Weile hinzulegen und auszuruhen.
“They said I mustn’t do anything **tiring** for the next couple of days”, berichtete Joshua mit leichtem Grinsen. “**Bad luck**, Alina. You and Megan will probably have to clean the stables for me.”
“Shall we ride back along the cliff tomorrow?”, fragte Alina höflich. “Then I can push you into the sea.”

Als Alina ein paar Stunden später im Bett lag, nach einem gemütlichen Abendessen mit Tante Chloe, konnte sie lange nicht einschlafen. Dieser Tag war einfach zu turbulent gewesen. Immer wieder tauchten die Bilder vor ihren Augen auf, wie sie Sciani diesen steilen Abhang hinaufgezogen und -geschoben hatten.

Dass sie das alles so gut überstanden hatten, kam einem Wunder nah.
Plötzlich öffnete sich ihre Zimmertür leise und eine Gestalt schob sich ins Zimmer. Alina richtete sich erschrocken auf.
"Who's that?"
"It's me, Joshua."
"What do you want?" Alina spürte plötzlich, wie ihr Herz laut klopfte.
"I only wanted to ... well, I wanted to ... I can't sleep, so I thought ..."
Alina war verwirrt.
"Are you all right?", fragte sie besorgt.
"Yes. Yes."
Joshua setzte sich vorsichtig auf ihre Bettkante. Alina zog die Bettdecke bis zum Kinn, denn sie fühlte sich seltsam nackt in ihrem T-Shirt.

to appreciate zu schätzen wissen

"I only wanted to tell you that I really **appreciate** you not telling on me. And I thought you were very brave. You really helped me."
Dabei sah Joshua sie nicht an. Es schien ihm nicht gerade leicht zu fallen, ihr das zu sagen.
"Thanks", erwiderte Alina ein bisschen verlegen. "Of course I wasn't going to tell on you. And of course I was going to help you, too. I couldn't just leave you lying there in the grass."
Joshua sah ihr in die Augen. Sein Blick war ernst.
"I haven't been very nice to you, have I", stellte er fest.
Alina schüttelte den Kopf. "No, you haven't", sagte sie. "Actually, you've been really horrible. You said things

about me that weren't true. And then you made me look bad in front of Grace, during the riding lesson." Sie schluckte. "That really hurt."
Joshua streckte seine Hand aus und strich Alina ganz vorsichtig über das Haar.
"I'm so sorry", sagte er, und seine Stimme hörte sich so liebevoll an, dass Alina eine Gänsehaut über den Rücken kroch. "I really don't know what got into me", fuhr er fort.
"You were angry because I was allowed to ride Nebo", erinnerte Alina ihn, doch Joshua machte eine ungeduldige Handbewegung und drehte sich zur Seite.
"That's no excuse", sagte er. "I promise you that I'll be be nicer to you from now on."
"Good."
Alina wünschte sich, er würde gehen. Ihr war dieser Besuch irgendwie unheimlich. Noch nie hatte sie Joshua so freundlich und zuvorkommend erlebt.
Mit einem Mal wendete er sich ihr wieder ganz zu. Seine Hände strichen über ihr Gesicht. Kurz nur. Dann stand er auf und ging zur Tür.
Alina spürte ihr Herz so stark gegen ihre Rippen schlagen, dass sie Angst hatte, er würde es hören.
An der Tür blieb Joshua noch einmal stehen und drehte sich zu ihr um.
"I like you a lot, you know", sagte er leise.
Alina antwortete nicht. Was sollte sie dazu auch sagen? I like you too? Das wäre doch zu komisch gewesen.
Mochte sie ihn überhaupt? Er war ein schwieriger Typ und konnte so verdammt gemein sein. Vor solchen

Menschen sollte man sich besser in Acht nehmen.
“Good night, Joshua”, sagte Alina.
“Good night”, murmelte Joshua. Und schloss die Tür hinter sich.

Who's Going to Win?

Katie und Megan hatten ihr Versprechen gehalten und ihren Eltern nichts über den schrecklichen Vorfall am Meer erzählt.
Sciani zeigte sich unverändert und ließ sich von Joshua reiten, als wäre nichts geschehen.
Der Einzige, der wie verwandelt wirkte, war Joshua. Er war so freundlich zu ihr, dass Alina es manchmal nicht glauben konnte. Die beiden verbrachten viele Stunden miteinander, ganz ohne zu streiten. Auch wenn sie gemeinsam Sciani trainierten, waren sie sich so einig wie nie zuvor.
"She's learning so much", sagte Joshua häufig. "It's really all thanks to you. You're always so **patient** and sensitive with her."

patient geduldig
to cry one's eyes out Rotz und Wasser heulen

Alina glaubte, ihren Ohren nicht zu trauen. Gemeinsam mit Megan und Grace trainierten Joshua und sie für das Spring- und Spaßturnier, das am kommenden Wochenende auf dem Hof stattfinden sollte.
"I'll ride Gazal in the tournament", überlegte Joshua. "You can ride Nebo, if you want", wandte er sich an Alina. "He's really good."
"If I win the tournament with Nebo you**'ll cry** your **eyes out**", meinte Alina und grinste, aber Joshua winkte nur ab.

"You won't win, of course", lachte er. "But you've got a chance of beating Megan. Even if Lewis is standing at the fence, **crossing his fingers** as hard as he can."
"I'm happy for Alina to take the **gold medal**", erwiderte Megan. "But I'll do everything I can to stop you from getting it."
Grace gefielen diese Neckereien zwischen Joshua und Alina nicht, das sah man ihr an.
"What about me?", mischte sie sich ein. "I've got a good chance of winning the tournament on Milkmaid."
Sie machte ihre verschiedenen Sprung- und Geschicklichkeitsübungen auf dem Reitplatz mit einer so großen Verbissenheit, dass sich Alina nur wundern konnte. Es sollte doch ein *Spaß*- und Geschicklichkeitsturnier werden! Die Freude am Reiten wollte sich Alina jedenfalls nicht durch Streitereien und Konkurrenz verderben lassen.

to cross one's fingers die Daumen drücken
gold medal Goldmedaille
what on earth was in aller Welt

Oft tauchte Joshua ausgerechnet dann auf, wenn Alina im Stall war. "Do you want some help?", fragte er sie, doch Alina traute dem Frieden nicht.
"**What on earth** has happened to Joshua?", fragte sie ihre Freundin. "He's asking me whether he can help me clean the stables. Have you ever heard him say that before in your whole life?"
Megan saß auf der Gartenbank hinter dem Stall und war gerade dabei, die Stangen für das Sommerturnier rot und weiß zu streichen. Sie grinste.
"Record it on your mobile", bat sie. "I won't believe it until I hear it."

Alina setzte sich zu ihrer Freundin, griff nach dem Schmirgelpapier und begann, einen Oxer damit zu bearbeiten.

"If you ask me, he**'s up to something**", überlegte sie laut. "Maybe he wants me to give him Nebo for the summer tournament **after all**, so that he can win."

Megan schüttelte den Kopf.

"I don't think so", meinte sie. "He's practising with Gazal. She's quite fast now." Megan beugte sich zu Alina hinüber. "I think he likes you a lot", flüsterte sie. "But he **dare**n't show it."

"Well, he certainly hasn't shown me yet", sagte Alina und lachte. "No, really, I can't imagine ..."

Alina brach ab, als sie Megans warnenden Blick sah.

"Hello, Josh!", rief Megan. Alina drehte sich um. Joshua stand direkt hinter ihr.

"Can I help at all?", fragte er.

Alina und Megan warfen sich einen vielsagenden Blick zu.

"You see!", sprachen Megans Augen. Dann grinste sie.

"You're full of surprises!" Sie lachte. "First you annoy us for days by not doing your work, and now you're suddenly offering us your help all the time. And they say *women* are **moody**!"

"I've got two sisters and a holiday sister. I**'ve caught** it from you", stichelte Joshua. Dann setzte er sich zwischen Alina und Megan auf die Bank. "Come on, let an expert have a look", meinte er. "Have you got a map of the tournament?"

to be up to something etw im Schilde führen
after all am Ende doch
to dare wagen
moody launisch
to catch sich anstecken

"Here!" Megan griff hinter sich nach einem großen Plakat, das Alina auf dem Boden ausrollte.
"These are the **obstacles**. It starts here, at the **arch**." Sie zeigte auf den Bogen. "The horse has to go through the **fluttering ribbons**. Then we have these five bars. You have to trot over the bars, then afterwards you go round the **bannerets** at a trot."
"Is this a dog and pony show?" Joshua lachte. "I thought it was a showjumping tournament."
"It's a showjumping and *fun* tournament", erklärte Alina geduldig. "It's all about skill. Anyone can jump. But can you make your horse stand still while you throw three very hard balls at a row of **coconuts**?"
"A **coconut shy**?" Joshua verdrehte die Augen. "Will you be playing hide and seek, too?"
Alina lachte. "Ah, that's the Joshua we know and love. Always **criticising**. But there'll be some jumps, too. There's a **double oxer** here, and here we've got a very high jump – 1.30 metres. And it's **right** at the end, just when you think you've finished."
"Hmm."
Joshua kniete sich neben Alina. Sie spürte seinen Körper so nah, dass sie ein bisschen weiter nach rechts rückte, um ihm auszuweichen.
"Gazal can do the jumps **blindfold**", überlegte Joshua laut. "But I don't know whether she'll manage this stu-

obstacle Hindernis
arch Bogen
fluttering ribbon Flatterband
banneret Fähnchen
coconut Kokosnuss
coconut shy Wurfbude
to criticise kritisieren
double oxer Doppeloxer
right ganz
blindfold mit verbundenen Augen

pid cavaletti. And she probably won't stand still while I **aim at** the coconuts."

Alina sah ihn nachdenklich an.

"So you're really going to ride Gazal?", fragte sie. "I thought you'd change your mind at the last minute and take Nebo."

Joshua wirkte überrascht.

"Why Nebo?", fragte er. "No, no – you should ride him. Maybe you'll come second, behind me. Then we can stand next to each other on the **podium**."

to aim at sth auf etw zielen
podium Podest
fascinated fasziniert
self-confidence Selbstvertrauen
taste Geschmack
breeze Brise

"I'm **fascinated** by your incredible **self-confidence**", meinte Alina staunend und lachte.

"There are a lot of women who are fascinated by me", gab Joshua schlagfertig zurück.

Megan platzte laut los. "The only one I know about is Grace, which just shows that she has terrible **taste**", gab sie zurück.

Am Sonntag war es so weit. Der frühe Morgen brachte zunächst noch Nebel, doch bald lichtete sich der Himmel und die Sonne kam zum Vorschein.

"Good weather for us." Megan seufzte zufrieden. "Not too hot and not too cold."

"And a light **breeze**, too. Just what the horses like", freute sich auch Alina.

Sie hatte ihre neue weiße Reithose und ein schwarzes T-Shirt angezogen. Auch Megan trug ihre neue Ganzlederreithose. Die beiden Mädchen saßen aufgeregt auf dem Zaun des Paddocks und sahen zu, wie sich der Hof mit Reiterinnen und Reitern füllte. Feriengäste

aus der ganzen weiteren Umgebung waren gekommen, um sich an dem Wettkampf zu beteiligen oder wenigstens mitzufiebern.
Die Fitzgeralds hatten das Turnier perfekt vorbereitet. Es gab Stände mit Getränken, mit Kuchen, Hotdog und Crempogs – kleinen walisischen Pfannkuchen.
Eine vorfreudige Spannung lag in der Luft. Die Pferde wieherten und Reiter rannten mit ihren Anmeldebögen hin und her.
Tante Chloe und Mr Fitzgerald saßen in der Mitte des Turnierplatzes. Gemeinsam mit zwei Reitern aus Nachbarställen bildeten sie die Jury.
"Welcome to this year's fun showjumping tournament", rief Mrs Fitzgerald in ein Megafon. "I want to **emphasize** that the **main focus** of this tournament is fun, and getting on well with the horses. You can't win this tournament without showing how people and horses work together, how they rely on and **care for** each other."
Die Zuschauer applaudierten zustimmend.
"What number have you got?", wandte sich Joshua an Alina.
"Thirteen", sagte Alina und seufzte. "I don't know whether that's a **lucky** or an **unlucky number**."
"It depends on whether you think of second place as a **defeat** or a prize", gab Joshua zurück.
"If I come second and you third, it's definitely a prize." Alina grinste ihn fröhlich an.
Schnell zeigte sich, dass das Turnier doch mehr war

to emphasize betonen
main focus Hauptaugenmerk
to care for sb sich um jdm kümmern
lucky/unlucky number Glücks-/Unglückszahl
defeat Niederlage

als ein reiner Spaß-Wettkampf. Bereits an dem Tor mit den Bändern scheiterte der erste Reiter und gab sogleich auf. Der nächsten Reiterin gelang es nicht, sauber über die Stangen zu traben. Besonders viel Stress hatten die meisten jedoch an der Wurfbude. Jedes Mal, wenn sie versuchten genau zu zielen, zuckten die Pferde zusammen und sprangen ein Stück zurück.

"You see, Joshua, it's not that easy", wandte sich Megan an ihren Bruder. Sie stand am Rand des Turniergeländes und schaute begeistert zu. Ihren einen Arm hatte sie um Lewis gelegt, an der anderen Hand hielt sie Amy, die braune Stute mit der weißen Mähne.

"You'll do it, no problem", lächelte Lewis und drückte ihr einen Kuss ins Haar.

Megan strahlte. "And next year you'll take part, as well", meinte sie.

Alina beobachtete die beiden aus den Augenwinkeln. Wie toll sie zusammen aussahen. Da konnte man fast ein bisschen neidisch werden.

"Numbers six, seven, and eight, please come up to the line", rief Mrs Fitzgerald nun ins Megafon.

"I've got to go!", rief Megan aufgeregt und klopfte Amy auf den Hals. "Don't **let** me **down**!", meinte sie.

to let sb down
jdn im Stich lassen

Megan und Amy machten ihre Sache zunächst ziemlich gut. Erst am Cavaletti gab es das erste Problem. Die sechs Stangen des Cavalettis waren in Abständen von einem Meter zehn platziert, sodass die Pferde gezwungen waren, sauber darüber zu traben. Amy trabte nicht taktklar genug, und stieß gegen zwei Stangen. Plong, plong, hörte man die Hufe gegen das

Holz schlagen. Amy erschrak und verpatzte vor lauter Schreck auch den Abschlusssprung.
"Well, not everybody can be as perfect as me." Joshua grinste selbstbewusst und startete mit der Nummer 9. Alina hatte sich bereits mit Nebo fertig gemacht und wartete an der Startlinie darauf, dass sie an der Reihe war. Grace stellte sich neben sie und wippte nervös auf und ab.
"Joshua, you can do it!", rief sie mit ihrer hohen Stimme.

to polish polieren
forwards vorwärts
allowed erlaubt
to clown around herumalbern

Gazal und Joshua zeigten sich in Höchstform. Ohne mit der Wimper zu zucken lief die Stute durch das Tor mit dem Flatterband, trabte leichtfüßig über die Stangen und lief im Slalom sicher an den Fahnen vorbei.
"Start **polishing** the gold medal for me", trompetete Joshua siegessicher. Dann hielt er vor der Wurfbude an und richtete Gazal nach vorne aus. Freihändig saß er im Sattel und wollte gerade ausholen, um seine Bälle zu werfen. Durch die Gewichtsverlagerung irritiert, überlegte es sich Gazal jedoch anders und drehte sich mit dem Hinterteil zur Wurfbude. Einige Zuschauer lachten. Auch Joshua grinste.
"Do I have to throw **forwards**?", fragte er. "I think I'll throw the balls backwards over my head. Is that **allowed**?"
"You can do a handstand and throw them, if you like", schlug Tante Chloe vor und hatte damit die Lacher auf ihrer Seite.
"Joshua **is clowning around** again." Alina grinste.

"Does that bother you?", fuhr Grace sie an.
"No, no", winkte Alina ab. "I think it's quite cute."
"Cute?" Grace' Stimme kippte. "Isn't it a bit **weird** that you**'re** suddenly **drooling over** him like this? I thought you hated each other."
"I think you're the one who's drooling over him", spottete Alina. "No need to be jealous. I'm not going to **snatch** him **away** from you."
"Pff", machte Grace.
Rumms. Joshuas Ball traf mitten zwischen die Nussschalen, die in alle Richtungen flogen.
"**Full marks**!", rief Alina. "This is going to be hard."
Joshua zeigte ihr die Faust mit dem Daumen nach oben.

weird sonderbar
to drool over sb in jdn vernarrt sein
to snatch sth away from sb jmd etw wegschnappen
full marks volle Punktzahl

"Ha! I told you I'd win!" Er strahlte übers ganze Gesicht. "Come on, Gazal. Let's show the girls how to do it."
Gazal schien von der Begeisterung ihres Reiters angesteckt zu sein. Gewissenhaft sprang sie über den folgenden Doppeloxer, ließ sich dann ohne Zögern auf die blaue Plane führen und zeigte eine perfekte Hinterhandwende.
"This won't be easy", murmelte Alina und streichelte Nebo. "You have to do your very best, Nebo."
Joshua und Gazal waren jetzt am Cavaletti angekommen. Gazal hob die Beine im perfekten Rhythmus und stieß nirgendwo an.
Nun kam der letzte hohe Sprung. Joshua galoppierte an, nahm den Absprung dann aber ein bisschen zu

früh. Peng. Die oberste Latte wurde touchiert. Sie wackelte und flog im hohen Bogen auf den sandigen Boden.

"Two **faults**." Alina klopfte ihrem Pferd aufmunternd den Hals. "Nebo, it's going to be a **piece of cake**. The first place is ours."

fault Fehler
piece of cake Kinderspiel
to share sich teilen
Don't count your chickens before they're hatched. Man soll den Tag nicht vor dem Abend loben.

Aber *so* sicher war sie sich nicht mehr, als sie mit Nebo in das Turnierviereck ritt. Nebo führte alle Übungen aufmerksam und mit großer Konzentration aus. Auch als Alina beim Nussschalenwerfen ins Schwarze traf und alle Nüsse mit einem Wurf vom Brett putzte, zuckte er nicht mit der Wimper.

"Come on, boy, – one more jump and we've made it", flüsterte ihm Alina ins Ohr.

Sie galoppierte den Wallach an der nächsten Ecke an, gab dann die Zügel vor und ließ Nebo selbst den Absprungpunkt bestimmen. Fast wäre es gut gegangen. Dann aber schlug Nebo mit dem Hinterbein gegen die obere Stange, die ins Wackeln geriet und zu Boden fiel.

"Two faults! Two faults!", rief Joshua begeistert. "Thank God for that. For a minute there I really thought I'd come second. But now we**'ll share** the gold."

Tatsächlich lagen Joshua und Alina mit nur zwei Fehlerpunkten im Moment vor allen anderen Teilnehmern.

"**Don't count your chickens before they're hatched**", zischte Grace. "It's my turn now."

Als Grace schließlich mit der Startnummer 24 in das Viereck einritt, hatten Joshua und Alina ihren Pferden bereits die Decken übergelegt. Gemeinsam standen sie neben dem Turnierplatz und sahen Grace bei ihrem Ritt zu.

"Damn, she's not bad", murmelte Joshua genervt, als Grace mit Milkmaid zum ersten Sprung ansetzte. "And she's hit all the coconuts. **Shit.**"

"Milkmaid**'s performing** as if she hasn't done anything else for weeks", meinte Alina.

Shit. Scheiße.
to perform auftreten
to dope dopen
to comfort trösten

"She **must have doped** her", vermutete Joshua.

Milkmaid zeigte sich tatsächlich in Topform. Sogar das hohe Hindernis am Schluss überwand sie mit Leichtigkeit. Die Zuschauer applaudierten begeistert.

"She won! You can't be serious", jammerte Joshua.

Alina lachte und puffte ihn freundschaftlich in die Seite.

"Come on, Josh", sagte sie. "She was just better than us. You should be happy for her! She's been practising for this tournament all summer."

"The only thing that **comforts** me is that you aren't better than me", brummte Joshua.

Nun kam Grace vom Platz geritten und lenkte Milkmaid auf die beiden zu.

"How did I do?", wollte sie wissen.

"You were really good", gab Alina zu. "Absolutely great. You and Milkmaid make a perfect team."

Grace beachtete ihren freundlichen Kommentar nicht. Sie lächelte Joshua zu. "Are you happy for me?", fragte sie ihn direkt.

"Well, all right", erwiderte Joshua, aber man sah, dass

er ihr den fehlerfreien Ritt eigentlich nicht gönnte. "But a gold medal would have looked good on my horse, too."

Eine Stunde später standen die Sieger endgültig fest. Mrs Fitzgerald suchte sich einen Platz in der Mitte des Turnieres und nahm erneut das Megafon zur Hand.

"The third place, with the green rosette, goes to Alfie Edwards and his horse All Or Nothing. The second place is shared by Joshua Fitzgerald on Gazal and Alina Bremer on Nebo, and the gold medal goes to ..." In die Pause hinein erklang ein Tusch – "Grace Winter on Milkmaid."

to get ready sich fertig machen
lap of honour Ehrenrunde

Ein zweiter Tusch folgte.

"Come on, **get ready** for the **lap of honour**!", sagte Joshua zu Alina und drückte kurz ihre Hand.

Alina lachte. "Don't you dare overtake me!", drohte sie ihm. "We both came second. Don't forget that."

Sie nahmen die Decken von den Pferderücken, zogen die Bauchgurte an und stiegen auf.

"Grace, come to the centre of the arena, please!", rief Mrs Fitzgerald. "The gold medal and the yellow rosette are yours."

Grace ritt unter großem Applaus in die Mitte, ließ sich die Goldmedaille umhängen und steckte ihrem Pferd die gelbe Schleife in die Mähne.

"Come on, it's our turn now!", rief Joshua Alina zu.

"Unfortunately we only have one silver medal and one white rosette", meinte Mrs Fitzgerald. "Alina, you get the medal, and Gazal can wear the white rosette in her mane."

Als auch der dritte Platz prämiert war, ritten die Sieger noch eine Ehrenrunde. Grace übernahm die Führung, Joshua und Alina folgten ihr und Alfie Edwards schloss mit seinem Wallach auf. Zuletzt ritten alle anderen, die an dem Turnier teilgenommen hatten.
Mit einem Schlussapplaus ging das Spaßturnier zu Ende.

"This was such fun", freute sich Alina und sprang von ihrem Pferd. "And it's funny that we both were **equally** good."
"And that we both **messed** it **up** at the last jump", meinte Joshua. Auch er stieg vom Pferd und nahm Gazal die Schleife aus der Mähne.

equally gleich
to mess up vermasseln

"Wait, Alina", sagte er. "This is for you. I think you deserve it."
Und Joshua beugte sich über sie und steckte ihr die weiße Schleife ins blonde Haar.

A Big Party

"How do I look?"
Megan tanzte aufgeregt durchs Zimmer.
"Gorgeous. Absolutely great." Alina war wirklich begeistert. "That dress looks really good on you." Sie konnte sich gar nicht erinnern, Megan schon einmal in einem Kleid gesehen zu haben.
"You should wear dresses more often", meinte sie zu ihrer Freundin.
Megan strahlte. Ihr kurzes buntes Kleid war tief ausgeschnitten und die schmalen Träger waren im Nacken zusammengebunden.
"You're also nice and **tanned**", sagte Alina. "That **shows off** the silver necklace, too."

tanned braun gebrannt
to show sth off etw zur Geltung bringen
broke pleite

"Lewis gave it to me." Megan strahlte. "We've been together for a week now."
"One week?" Alina lachte schallend. "If he gives you anniversary presents every week for a year, he'll be **broke**!"
"I hope we last that long", entgegnete sie.
Dann runzelte sie die Stirn und betrachtete Alina nachdenklich. "Are you seriously going to the party in jeans and a T-shirt?"
Alina winkte ab. "It's not that important", sagte sie. "To be honest, I didn't bring any party clothes. I only have my jeans and a lot of T-shirts. I suppose I could wear my riding breeches."

Megan sprang auf und riss ihre Schranktür auf.
"Is that the problem?", rief sie. "Help yourself! Here, look, this skirt would look good on you. Or this dress here. Or what about these leggings and a **tunic**?"
"Oh, Megan, forget it", versuchte Alina, ihre Freundin zu bremsen. "You know I hate skirts and dresses. And if I wear them I'll have to wear stupid shoes with **heels** as well. No way! I can't walk in them. And anyway, everyone will notice that I**'ve borrowed** it all from you."
"Don't be ridiculous!", unterbrach sie Megan. "You're going to try everything on now until you find something you like, something pretty that you **feel comfortable** in."
"In just fifteen minutes?", entgegnete Alina nervös.
"Ten minutes", verbesserte Megan sie und grinste.
Es wurde ein Chaosritt durch den Kleiderschrank. Nach zehn Minuten hatten die beiden Mädchen einen Haufen Klamotten im Zimmer verteilt und Alina trug einen kurzen bunten Rock, ein bauchfreies schwarzes T-Shirt und helle Riemchensandalen.
"**Dressed to kill**!", kommentierte Megan. "I'm glad Lewis and I are together, or he might **pounce on** you."
"Megan, stop it!", sagte Alina und seufzte. Sie fühlte sich etwas unwohl in ihrer neuen Kleidung. Doch Megans Begeisterung wirkte ansteckend.
"We've got five minutes left to do your make-up!", meinte sie und zog Alina mit sich in Richtung Bad. Aber die Badezimmertür war verriegelt.

tunic Tunika
heel Absatz
to borrow leihen
to feel comfortable sich wohlfühlen
dressed to kill todschick
to pounce on sb über jdn herfallen

"Hey, **whoever**'s in there, hurry up!", brüllte Megan und klopfte ungeduldig. Die Tür öffnete sich – Joshua stand im Türrahmen.

"Wow!", riefen Megan und Alina gleichzeitig.

"Is this my brother?", fügte Megan hinzu und rieb sich die Augen. "The last time I saw you **dressed up** like that was at your **confirmation**. You were wearing a black **suit** and you kept **twisting** your neck because the **tie** was annoying you."

Alina lachte. Joshua sah so gestylt aus, wie sie ihn noch nie gesehen hatten, mit heller Jeans, khakifarbenem Hemd und einer Sonnenbrille im Ausschnitt. Außerdem hatte er seine Haare cool mit Gel verstrubbelt.

"Wow. Can I **return the compliment**?" Joshua starrte Alina bewundernd an. "Although I have to say I think I've seen that skirt and T-shirt somewhere before. Let me think." Er zog seine Stirn in Falten. "Ah yes – a horrible witch was wearing those clothes before she flew away on her broom. They look a hundred times better on you than they did on her."

Megan zog einen ihrer hohen Schuhe aus und ging damit auf ihren Bruder los.

"Go away, you horrible boy!", rief sie. "Before I kill you with my shoe."

"Dad!", kreischte Joshua mit hoher Stimme. "Megan is **armed**!"

Alina bog sich vor Lachen.

whoever wer auch immer
dressed up schick angezogen
confirmation Konfirmation
suit Anzug
to twist drehen
tie Krawatte
to return the compliment das Kompliment erwidern
armed bewaffnet

"I envy you your brother", meinte sie, als sie mit Megan im Badezimmer verschwunden war. "There's always something to laugh about at your house. My house is so boring."

"I'm happy to put Joshua in your suitcase if you want to take him with you", erwiderte Megan grinsend. "But I **bet** you'll bring him back pretty soon."

Wieder klopfte jemand ungeduldig gegen die Tür.

"Alina, Megan?", hörten sie Katies Stimme. "Let me in. I want to **put on** some **make-up**, too."

to bet wetten
to put on make-up
sich schminken

Alina und Megan warfen sich einen Blick zu.

"Make-up? At the age of ten?", rief Megan entsetzt und riss die Tür auf.

Katie stand in einem atemberaubend kurzen Kleid und einer knielangen weißen Leggings vor ihnen.

"Paul's coming to the party", erklärte Katie und warf den Kopf zurück. "He's thirteen, which means I definitely have to look a bit older."

Und dann kramte sie seelenruhig in Megans Schminkkästchen herum.

Gut gelaunt kamen die drei Mädchen ein paar Minuten später in den Garten der Fitzgeralds. Die ersten Gäste waren schon eingetroffen. Viele waren gleich nach dem Turnier dageblieben und hatten sich nicht einmal umgezogen. Einige standen am Büffet und unterhielten sich.

Lewis stürmte auf Megan zu und küsste sie.

"I thought you weren't coming!", rief er und zog sie an

sich, als hätte er sie stundenlang nicht gesehen. "Come on, let's go and get a Coke. And then we should start dancing, or the others won't dare to."

"A boy who dances", wunderte sich Alina. "I didn't think they **existed**. I thought you all needed about ten beers before you would go near the **dance floor**?"

to exist
existieren
dance floor
Tanzfläche
dance class
Tanzunterricht

"Maybe it's like that in Germany", meinte Joshua. "We Welsh boys know how to do things properly."

"Are you sure you're talking about yourself?", fragte Alina mit einem Lächeln.

"Well, would you like to dance with me?", fragte Joshua und machte eine Verbeugung.

Alina wusste nicht, ob sie lachen oder lieber ganz ernst gucken sollte.

"You're going to tell me that you can even dance discofox, right?", murmelte sie.

"If you like." Joshua gab sich gelassen. "I can also dance the mambo, samba, jive, cha-cha-cha ..."

"You're kidding."

"No, why? We had **dance classes** at school."

"Seriously? We should have those in Germany, too", rief Alina begeistert.

Joshua hatte jetzt sein coolstes Gesicht aufgesetzt. Er legte Alina die Hand auf den Rücken, führte sie zur Tanzfläche und drehte sie zu sich.

"Oh, Joshua, I don't think I can dance", versuchte sich Alina zu drücken. "I only learned a few steps and I've forgotten all of them. I don't know how to dance with a partner ..."

Sie redete und redete, aber Joshua ignorierte sie. Ohne weiter zu zögern, setzte er sich in Bewegung und zog Alina einfach mit sich. Sie war selbst überrascht, wie gut das ging.

"You dance really well!", staunte sie. "And you lead so well that I **can tell** what I'm supposed to do."

"Ouch!" Joshua verzog das Gesicht, denn Alina war ihm mit ihrem Absatz voll auf den Fuß getreten.

"Sorry, Josh!", rief Alina verlegen. "I'd better **concentrate**."

"Don't worry, it's not that bad", beruhigte Joshua sie. "We've got through more difficult situations, haven't we?"

"True." Alina nickte und dachte wieder an ihre Riesenerleichterung, nachdem sie Sciani den Abhang hinaufbugsiert hatten.

Schweigend tanzten die beiden weiter, bis der Foxtrott endete. Der DJ klickte an seinem Notebook herum und eine langsamere Musik begann.

Alina sah, wie Megan und Lewis sich eng aneinanderschmiegten.

"It's a blues song", erklärte Joshua fröhlich. "**May I have the pleasure of the next dance?**"

"Oh, Joshua, I don't know how to dance to blues", rief Alina entgeistert mit Blick auf die anderen Paare.

Joshua grinste. "Alina, this is the easiest dance there is. One step left, one step right. You can manage that."

Er zog sie an sich und bewegte sich langsam hin und

to be able to tell merken

to concentrate sich konzentrieren

May I have the pleasure of the next dance? Darf ich um den nächsten Tanz bitten?

her. Dabei zog er Alina mit. Sie spürte sein Gesicht an ihrem Haar, wobei ihr Herz plötzlich unruhig zu klopfen begann. Mein Gott, was war mit ihr los? Es konnte doch wohl nicht sein, dass sie sich grad in Joshua verliebte? In so einen schwierigen Typen … Und das nur, weil er gut aussah und tanzen konnte?
"There you are. Told you. It's a piece of cake."
Joshua zog sie enger an sich.
"Er … yes. You're right", murmelte Alina.
"Hello!", hörten die beiden plötzlich eine Stimme neben sich.
Alina und Joshua fuhren wie ertappt auseinander. Vor ihnen stand Grace. Sie sah toll aus. Ihre Haare hatte sie hochgesteckt, sodass die langen silbernen Ohrringe richtig zur Geltung kamen. Außerdem trug sie ein wahnsinnig enges, schulterfreies schwarzes Kleid.
"Will you dance with me, too?", fragte sie.
Joshua nickte, zog Alina aber wieder an sich. "When this dance is over", sagte er und ließ Grace einfach stehen.
"That wasn't very friendly", bemerkte Alina.
Joshua tat, als habe er nichts gehört.
Sie tanzten weiter, ohne zu sprechen. Alina spürte überdeutlich Joshuas Körper an ihrem, seinen Mund in ihrem Haar, die Hände auf ihrer Schulter. Und sie wünschte sich, dass dieser Tanz niemals enden würde.
Als die letzten Takte des Blues verklungen waren, war Grace sofort zur Stelle.
"It's a jive!", rief sie. "Do you remember us dancing that in dance class, Joshua?"

Und sie stieß Alina etwas ruppig zur Seite und drängte sich vor Joshua. Joshua sah Alina nicht an. Er nahm Grace an die Hand, legte seine Hand auf ihren Rücken und begann mit ihr zu tanzen.
Alina stellte fest, dass die beiden wirklich großartig zusammen tanzten. Richtig professionell sah das aus. Nachdenklich ging sie zur Terrasse zurück, wo sie auf Katie traf.
"Alina? Aren't you dancing?", wollte Katie wissen.
Alina zuckte die Achseln. "I danced with Joshua for a while", sagte sie. "But now he's dancing with Grace."
Katie und Alina sahen zu Joshua und Grace hinüber, die immer noch ausdrucksvoll miteinander tanzten.
"They've been to a lot of dance classes", erzählte Katie.
"You can tell", erwiderte Alina. "They dance very well together." Sie zögerte. "I never thought Joshua would be able to dance like that."
"You two looked great together, too", meinte Katie. "Really in love."
"What rubbish!", fuhr Alina sie an.
Katie lächelte. "Every time I say that you get really angry", sagte sie.
"Because it's rubbish!", erwiderte Alina, nun aber etwas weniger genervt. Es machte ihr tatsächlich etwas aus, dass Joshua mit Grace tanzte.
"What about you?", fragte sie Katie schnell. "Aren't you dancing?"
Katie biss in ihr Sandwich und schwieg.
"Didn't Paul turn up?", bohrte Alina weiter.
"Ssh", entgegnete Katie.

"Where is he?"
Katie machte eine Kopfbewegung zur Gartenbank hinüber, wo ein Junge ziemlich unbeweglich saß und verlegen auf die Tanzenden starrte.
"The guy over there in the **checked** shirt?"
Katie nickte.

checked kariert
shy schüchtern

"He's good-looking. Why isn't he dancing with you?", bohrte Alina weiter.
"I don't know", sagte Katie leise. "Maybe he doesn't like me."
"That's impossible", entgegnete Alina. "You're adorable and you look gorgeous. I bet he just doesn't dare ask. Look – he's watching you. I think he's just **shy**."
"I don't know", murmelte Katie und biss wieder in ihr Sandwich.
"You know what? I'll ask him for a dance, and teach him how to do it", meinte Alina.
Dabei fand sie sich selbst ein bisschen zu forsch. Was wollte sie ihm denn zeigen? Sie konnte doch selbst erst ein paar Schritte.
Trotzdem steuerte sie mutig auf Paul zu.
"Hi, I'm Alina from Germany", stellte sie sich vor.
"I know", entgegnete Paul und starrte weiter geradeaus.
"Will you dance with me when they play a discofox?", fragte Alina weiter. "I can dance it. And I can teach you how to do it."
"All right, then", brummte Paul.
Als dann ein Discofox gespielt wurde, stand er tatsächlich auf und ging mit Alina auf die Tanzfläche. Er war genau einen Kopf kleiner als sie.

"Okay, now look. I move to the right, so you have to go to the left. Now I move to the left, and you have to go to the right. That's great. Now we both tap with our feet – I'll tap with the right one, you do it with the left. Perfect. Come on, now we do that a hundred times and then we've got it."
"A hundred times?", rief Paul entsetzt.
Aber dann bemühte er sich doch, mit Alina mitzuhalten. Als die Musik endete, konnte er Discofox tanzen.
"Thanks for that", sagte Alina nun und verbeugte sich leicht. "Maybe you'd like to dance with someone else now."
"Good idea", murmelte Paul. Er verließ die Tanzfläche und Alina sah, wie er auf Katie zusteuerte. Kurze Zeit später waren die beiden mitten im Getümmel.
Langsam ging Alina zum Büffet zurück und nahm sich ein Glas Saft. Vergeblich hielt sie nach Lewis und Megan Ausschau. Aber auch Grace und Joshua konnte sie nirgends entdecken, was ihr einen kleinen Stich versetzte. Grace hatte wirklich toll ausgesehen. Kein Wunder, wenn Joshua auf sie abfuhr.
Bevor Alina weitergrübeln konnte, kamen Katie und Paul auf sie zu. Katie strahlte über das ganze Gesicht.
"Alina, this is Paul", stellte sie ihren neuen Tanzpartner vor.
Alina lächelte. "I know", sagte sie. "We've already met." Sie zwinkerte Paul zu. "Tell me, Katie, do you know where Joshua is?", fragte sie scheinbar gleichgültig.
Katie nickte. "He's gone to visit Sciani, I think. At least, I saw him go over to the stables."

“Alone?” Alina fragte das ein bisschen zu hastig und sie ärgerte sich darüber.
“I think so”, erwiderte Katie. “Someone might have been with him; I wasn’t really looking.” Sie drehte sich zu Paul um. “Shall we get a drink?”
Paul nickte, und die beiden überließen Alina ihren verwirrten Gedanken.

Great Feelings

Leise betrat Alina den Stall. Ganz schön dunkel war es hier um diese Zeit. Die Pferde lagen in ihren Boxen und schliefen. Nur Pete, der alte Wallach, schlief im Stehen, wie es ältere Pferde oft machten. Doch auch er hatte seine Augen fast geschlossen und störte sich nicht daran, dass sie an ihm vorbeischlüpfte.

Alina horchte in die Dunkelheit hinein. Hier war niemand. Definitiv nicht. Oder doch?

Dort hinten, am Ende der Stallgasse sah Alina zwei Gestalten. Waren das Lewis und Megan? Oder doch eher Joshua und Grace?

"We've known each other for such a long time now", hörte Alina Grace' Stimme. "Since the first year of **primary school**, isn't it?"

primary school Grundschule
to be asleep schlafen

"Probably", brummte Joshua. "Look, Grace, there's Sciani", sagte er plötzlich und ging auf die eine Box zu. "She looks so sweet when she**'s asleep**. She's really become a great horse. I almost decided to ride her in the tournament. But I wanted to win, so I needed a horse I could rely on."

"And I still won", sagte Grace und lachte spitz. "But it looked as if you enjoyed sharing second place with Alina."

"Alina's all right", erwiderte Joshua.

Alina stand an der anderen Seite der Stallgasse und bewegte sich nicht. Sie schämte sich ein wenig, hier zu

stehen und das Gespräch zu belauschen. Aber sie war wie festgewachsen.
“Sometimes I have the feeling you**’ve got a crush on** her”, fuhr Grace nach einem kurzen Schweigen fort.
“Oh? Does it look like that?” Joshua schien keine Lust zu haben, das Gespräch fortzusetzen. “Come on, Grace, let’s go back to the others.”
Nun stellte sich Grace direkt vor ihn. Alina sah im Halbschatten, wie sie ihm den Kopf zudrehte.
“Joshua”, sagte sie schmeichelnd. “We’ve known each other for such a long time.”
“You’ve already said that.” Joshua klang leicht genervt.
“But I’ve never told you that I like you ... more than just as a friend.” Das war wieder Grace. Was wollte sie von ihm?
“Yes, you’ve said that several times, too”, sagte Joshua trocken. “Come on, Grace, let’s go outside. Nothing’s going on in here. The horses are asleep and ...”
“I love you Joshua, you know that”, sagte Grace. Und dann schlang sie ihre Arme um Joshuas Hals. “You love me too. I know you do. But you won’t show it in front of the others. You’re afraid they’ll laugh at you.”
“Rubbish!”, erwiderte Joshua verärgert.
“Wouldn’t you like to kiss me?”, fragte Grace leise.
“What? Are you crazy?”, rief Joshua und versuchte, sich aus ihren Armen zu winden. Aber Grace hielt ihn fest und küsste ihn. Joshua zuckte zurück.
“What are you doing?”, fuhr er sie an. “What is all this? Don’t get **lipstick** on my shirt.”

to have a crush on sb
auf jdn stehen
lipstick
Lippenstift

"Oh, Josh, stop making such a fuss. Tell me you love me too", beschwor ihn Grace und machte Anstalten, ihn erneut zu küssen.

Alina hatte mehr als genug gehört. Sie musste hier raus, bevor Joshua mitbekam, dass sie gelauscht hatte. Langsam tastete sie sich rückwärts zur Tür.

"Phhh", machte es plötzlich an ihrem Arm.

Alina zuckte zusammen und schrie leise auf.

"What was that?", flüsterte sie erschrocken. Dann sah sie, dass sich Nebo weit über die Boxtür gelehnt hatte und ihr mit seinen Nüstern gegen den Arm pustete.

"Who's there?", hörte sie Joshuas Stimme. "Look! Grace, there's someone hiding over there. Who is it? Come out!"

Alina strich Nebo leise über die Nase. Dann bewegte sie sich vorsichtig Richtung Tür.

"Alina? Is that you? Alina, I can see you!", rief Joshua. Er riss sich von Grace los und rannte hinter Alina her. So schnell sie konnte, verließ sie die Stallgasse und lief durch den Garten.

Joshua war ihr direkt auf den Fersen.

"Alina, stop!", hörte sie seine Stimme hinter sich. "Let's talk about it, okay? Please wait for me."

Alina rannte vom Hof, den kleinen Weg zur Küste entlang.

"**Surrender**! I'll catch you anyway!", rief Joshua. Er war nun dicht hinter ihr. Joshua war sportlich, viel sportlicher als sie. An der Weggabelung hatte er sie eingeholt.

to surrender
sich ergeben

"Now wait for me!", rief er und hielt sie am Arm fest. "Please!"

Alina blieb stehen und sah ihn an. "All right. What is it?"
Er legte seine Arme um sie.
"You know what!", sagte er und seine Stimme klang so zärtlich, dass Alina ein Schauer über den Rücken lief.

to keep quiet about sth
mit etw hinterm Berg halten

"I really wasn't nice to you", sagte er. "I know that. But it was because I'd fallen in love with you. Well, probably. At least, I think that's why."
Joshua sah ein bisschen verlegen aus.
"Well, you really **kept quiet about** that", sagte Alina. "I never would have guessed."
"I didn't even admit it to myself", fuhr Joshua fort. "But when I saw you come out of the bathroom with Megan, I finally realized."
Er streichelte ganz vorsichtig ihr Gesicht.
"There's nothing going on between me and Grace", sagte er weiter. "But I think you found that out already."
Seine Hände hielten an ihren Wangen inne, nun streichelten seine beiden Daumen ihren Mund.
"I love you", sagte er.
Alina wollte irgendetwas Witziges erwidern, irgendwas Kluges, Geistreiches. Aber ihr fiel überhaupt nichts ein.
Das Kribbeln in ihrem Bauch brachte sie so durcheinander, dass sie sich nicht konzentrieren konnte. So schwieg sie und streichelte Joshuas Gesicht mit den Fingerspitzen. Sie strich über seine kratzigen Bartstoppeln, fuhr die schwungvollen Bögen seiner Augen-

brauen nach und umrandete seine weichen Lippen.
Joshua schloss die Augen und schien ihre warmen Finger auf seiner Haut sehr zu genießen.
"Honestly, it's not just since you came out of the bathroom", murmelte er. "I've been dreaming about you for at least three weeks."
"Hard to believe", sagte Alina und streichelte ihn lächelnd weiter. "You know what? I think I love you, too", sagte sie leise.
Joshua öffnete die Augen. Er zögerte, sah ein bisschen verlegen aus. Ganz langsam bewegten sich seine Lippen auf ihre zu, kamen immer näher. Sein Mund war weich und warm.
Crazy!, dachte Alina. Megan's not going to believe it when I tell her.
Dann schloss sie die Augen. Und ließ es einfach geschehen, dass sie sich zärtlich küssten.

Als die beiden am späten Abend zu der Feier zurückkehrten, tanzte Grace mit einem Feriengast und sah eigentlich ganz vergnügt aus.
"Thank God for that. Grace seems to have found someone else", sagte Joshua leise. "I don't want to have her on my **conscience**."

conscience
Gewissen

"You have a conscience?" Alina kicherte. "I didn't notice that."
"There's a lot about me you haven't noticed yet", meinte Joshua und grinste.
Eng umschlungen liefen sie auf die Tanzfläche und tanzten bis spät in die Nacht.

"You and Joshua? I don't even want to think about it", sagte Megan grinsend, als Alina und sie am nächsten Morgen noch müde in ihren Betten lagen. "There are so many nice guys. Why did you have to **pick** my arrogant, unfriendly brother?"

to pick
auswählen

Alina lachte. "Love is blind!"

Der Tag nach dem Turnier wurde wunderschön. Megan, Lewis, Joshua und Alina nutzten die Zeit für einen langsamen Ausritt am Strand entlang. Lewis durfte Gazal reiten, Joshua hatte Sciani gesattelt, Megan ritt Amy und Alina war auf ihrem Traumpferd Nebo unterwegs. Sie ritten in ruhigem Schritt und achteten darauf, dass sich alle – Pferde, Reiterinnen und Reiter! – vorbildlich verhielten.
Am Leuchtturm hielten die vier an.
"This time we've got ropes to tie up the horses", bemerkte Alina. "Wish we'd had them when Sciani fell down the cliff."
Sie zeigte vom Leuchtturm aus zu dem Abhang hinüber.
"Can you see that little ledge over there? That's where Sciani was."
"Incredible", erwiderte Megan und schüttelte den Kopf. "I can't believe you managed to get her up again."
Joshua legte seinen Arm um Alinas Schultern.
"Well, we're a great team", meinte er und küsste Alina auf die Wange. Dann sah er plötzlich ganz niedergeschlagen aus. "In two weeks you're going back to Germany. I don't know how I'll stand it here without you."
"Josh, stop it", erwiderte Alina und spürte einen Kloß

im Hals. “Two weeks is a long time. We can go riding together every day, and do other things as well. We can go to parties and dance. We can ...”
“But just for two weeks. Then you’re gone”, unterbrach sie Joshua und sah so traurig aus, dass Alina Tränen in die Augen traten.
Lewis musterte die beiden nachdenklich.
“Why don’t you stay longer?”, wunderte er sich.
Alina tippte sich gegen die Stirn.
“What a stupid question”, meinte sie. “Because my holidays are over, and I have to go back to school again?”
Lewis guckte immer noch skeptisch.
“I’m a **school prefect**”, sagte er. “Our school takes part in an **exchange programme** with schools in Germany. We can have guest students for a year.”

school prefect Schulpräfekt
exchange programme Austauschprogramm

“For a year? A whole year?”
“Am I talking Chinese?”, fragte Lewis und lachte. “There are five places at our school for German students, but we never have more than three. I don’t think German kids think it’s all that exciting to come here to Wales and live at the end of the world.”
“I would *love* to live here at the end of the world!”, rief Alina. “Oh Lewis, do you think it’s possible? Do you really think I could be part of this exchange programme?”
“Sure”, nickte Lewis. “It’ll probably only take a few weeks to arrange.” Er sah auf die Uhr. “What time is it? Eleven o’clock? That’s a good time. Listen, let’s have our picnic now, and then we’ll ride down past your

Aunt Chloe's house. The **headmaster** of my school lives near there, and I'm sure he'll be happy to see us."

Der Abschied am Ende ihrer Sommerferien verlief traurig, doch nicht so traurig, wie Alina befürchtet hatte. Alles war gutgegangen. Der Schulleiter hatte sie tatsächlich in das Austauschprogramm aufgenommen und war bereits mit ihrer Schule in Deutschland in Kontakt getreten. Auch ihre Eltern hatten zugestimmt, sie für ein Jahr nach Wales zu lassen und die Fitzgeralds waren bereit, sie in dem Jahr bei sich aufzunehmen.

Ein Jahr Wales, Pferde und Joshua! Alina hätte den ganzen Tag singen und tanzen können.

"Now I only have to **survive** six weeks without you", sagte Joshua, als sie zum letzten Mal an der Küste entlang spazieren gingen. "It's such a long time."

"Six weeks", freute sich Alina. "We can manage that, no problem." Sie schmiegte sich eng an Joshua. "You know, I never would have thought I'd fall in love with you."

"I'm just so **irresistible**." Joshua grinste.

"Irresistibly **cocky**", meinte Alina lachend. "Come on, you macho, do you think we can climb down to the beach?"

Joshua blickte den Hang hinunter, der in eine kleine Bucht mündete.

"Piece of cake, I'd say", sagte er locker. "Piece of cake

headmaster Direktor
to survive überleben
irresistible unwiderstehlich
cocky eingebildet

compared to what we've already been through."
Sie fassten einander an die Hand, und dann ließen sie sich langsam und mit den Füßen voran den Abhang hinuntergleiten.

Recipe for Welsh Cakes

ingredient Zutat
teaspoon Teelöffel
baking powder Backpulver
currant Korinthe
to whisk verquirlen
coarse grob
crumb Krümel
to mix in unterrühren
to knead kneten
dough Teig
to roll out ausrollen
biscuit cutter Ausstechform
to fry braten

You will need these **ingredients**:
500g flour
1 **teaspoon baking powder**
250g butter
50-100g **currants**
2 teaspoons sugar
250 ml milk
1 egg.

In a large bowl, **whisk** together the flour, butter and sugar, until it looks like **coarse crumbs**. Now add the currants, and **mix in** the milk and the egg. **Knead** the **dough** and **roll** it **out** so that it is about 1 cm thick. Now you can cut out the cakes with an 8 cm **biscuit cutter**. **Fry** the cakes for 2-3 minutes on each side, until they are golden-brown.